大宋帝国 3

# 苍云长歌

葛红兵　雷勇 著

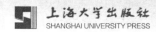

**图书在版编目（CIP）数据**

大宋帝国. 3, 幽云长歌 / 葛红兵, 雷勇著.
上海：上海大学出版社, 2024. 11. -- ISBN 978-7-5671-5112-3

Ⅰ. I247.5

中国国家版本馆 CIP 数据核字第 2024M6A824 号

责任编辑　徐雁华
助理编辑　陈　荣
封面设计　倪天辰
技术编辑　金　鑫　钱宇坤

### 大宋帝国 3：幽云长歌

葛红兵　雷　勇　著

上海大学出版社出版发行
（上海市上大路 99 号　邮政编码 200444）
（https://www.shupress.cn　发行热线 021-66135112）
出版人　余　洋

\*

南京展望文化发展有限公司排版
江阴市机关印刷服务有限公司印刷　各地新华书店经销
开本 710mm×1000mm　1/16　印张 14.5　字数 162 千字
2025 年 1 月第 1 版　2025 年 1 月第 1 次印刷
ISBN 978-7-5671-5112-3/I·720　定价　76.00 元

版权所有　侵权必究
如发现本书有印装质量问题请与印刷厂质量科联系
联系电话：0510-86688678

# 目 录

## 一、改元太平 001
### 1. 科举取贤 001
### 2. 崇文编书 009

## 二、收南平北 013
### 1. 强幸小周后 013
### 2. 纳土献地 019
### 3. 兵发太原 024
### 4. 围城打援 027
### 5. 主降将守 033

## 三、兵败高梁 039
### 1. 幽云十六州 039
### 2. 合围幽州 041
### 3. 高梁河之战 046

4. 逼死德昭 055

5. 满城之战 058

## 四、金匮之盟 068

1. 雁门关大捷 068

2. 明争暗斗 074

3. 秘密金匮 080

4. 计设廷美 086

5. 元佐发狂 093

## 五、陈抟谒见 101

1. 泰山封禅 101

2. 华山请老祖 105

3. 师徒情深 111

4. 鸠占鹊巢 117

5. 祸从北来 125

## 六、杨业殉国 128

1. 萧太后摄政 128

2. 兴兵北上 134

3. 开局大顺 140
　　4. 惊天巨变 148
　　5. 杨业之死 154

## 七、齐贤却敌 161

　　1. 君子馆之战 161
　　2. 土墱寨之战 169
　　3. 平戎万全图 174
　　4. 黑面王雪耻 178
　　5. 守内虚外 185

## 八、故皇索命 190

　　1. 赵普三出 190
　　2. 雷厉风行 196
　　3. 赵普三落 201
　　4. 魏王索命 205
　　5. 太祖索命 212

# 一、改元太平

## 1. 科举取贤

太平兴国二年(977)正月,赵光义举行了即位以来的第一次科举考试。

这日皇榜下来了,士子们怀着激动的心情围着皇榜,仔细查找自己的名字,接着便从人群中传来此起彼伏的喊声:"我上榜了!"

某个士子摇起手臂,道:"今日荣登皇榜,不如我做东,宴请诸位,以后还请同僚们多多照应。走,咱们吃酒去!"另一些人跟着喊道:"士子好情怀!"便一群人挤出去吃喝,后面的人又挤进来。几家欢喜几家愁,不久,围在皇榜周围的人散去了大半。这其中有一个人,袒胸露乳,头发乱蓬,一副流浪汉的样子。他呆望着榜单半天,突然大笑一声:"大才不入名,腐儒得上榜,天瞎矣,哈哈!"笑罢,乃甩袖扬长而去。

此人来到一家酒肆,巧合的是,那位高中的士子正好在这里宴请宾客。同行的士子们便高喊道:"兄台,何必独守空座,过来同饮

## 第三卷　幽云长歌

一樽可好？"

此人并不理会，只是闷声喝自己的酒。

士子们打趣道："兄台乃济世大才，不屑与我等腐儒为伍，然而未见兄台在皇榜上，我们更不敢与兄台为伍呀！哈哈哈！"在座的其他人也都大笑起来。

"呸，小人得志，鸿鹄焉能与燕雀共饮！"此人正欲离开这是非之地，摸了摸口袋，又摸了摸后脑勺，却摸不出半文钱来，于是又坐下一边吃一边想办法。过了一会儿，他摇手招呼小二道："小二，你过来！我今日忘记带钱来，你且给我记上，改日加倍奉还。"

"我们店没这规矩呀。客官，您别逗我了，您也是堂堂科举人士，别差我这点钱！"小二一脸不屑地望着他。

士子们顷刻间笑声鹊起："这位兄台嘴上功夫了得，口口声声说自己有济世大才，没想到却是一个骗吃骗喝的主儿！"说着一人从自己的兜里掏出几文钱来，丢在他面前，"你的酒我请了，算大爷赏你的，哈哈哈。"

此人看着还在旋转的钱币稳稳地倒在桌上，攥了攥拳头，起身高声喊道："大丈夫顶天立地，岂可受你这嗟来之食！小二，你去告诉店家，我有的是力气，帮你打杂一日，权当顶了这酒钱。"

"那可不行，你打杂一日，我就没事可干了。这位大爷赏了你几文钱，你收下便是。何必这么麻烦？"

此人正与酒店伙计争执不下之际，只听见店门外刀剑喧嚣之声，突然闯进来一伙强盗，手里提着刀带着叉，凶神恶煞的带头大哥的脸上还有几道刀疤。

## 一、改元太平

"来呀,小二,给我们安排几间上好的客房!给爷爷好酒好菜伺候着!爷爷今晚要在这里投宿,招呼不周的话,爷爷给你好看!"说着,四下扫了一眼店中,那帮士子见状,都不敢正眼看这帮歹人,纷纷偷溜出酒肆,只剩下了方才与伙计争执的那人。

那人走过去对强盗头子作了个揖,便道:"我是刚刚落榜的秀才,穷人一个,不慎将钱财花光,如今想与各位英雄一起吃个酒足饭饱,不知可否?"

那强盗头子看一眼这人,"嗖"地一挥刀,架到他脖子上,这人不仅不慌不乱,反而面带笑容,强盗头子转怒为喜道:"有意思!你这秀才,还有几分胆识,是条汉子!"说着就给他让了个座。

那士子道:"我认为当世盗贼不是卑鄙者,而是英雄。我生性豪爽,好结交各路英雄,今日幸逢各位,能把酒言欢,实乃一大幸事!"说着与强盗头子连干了三碗,觉得还不尽兴。"小二,换大碗来!"那士子与强盗们连干数十碗,接连放倒了三人。

酒至此处,强盗头子热血沸腾,立即正襟危坐道:"来来,这位英雄,我且敬你三杯。"那士子爽快地喝了。强盗头子继续说道,"我看英雄不是寻常士子,有将相之才,若非有如此胸怀,焉能不拘小节,与我等盗贼为伍?敢问高姓大名?"

那士子答道:"在下行不更名,坐不改姓,山东张齐贤是也!"

"张齐贤,与圣贤齐名,好名字。"

刀疤脸吩咐手下把包裹取来,从里面取出几锭金子,送给张齐贤,道:"这几锭金子虽然是抢来的,但我们抢的是那些歹毒的财主,还请英雄不要推辞。他日若飞黄腾达,张英雄切莫忘记我和几位兄弟。他日你只要在军中给我们兄弟几人安排个差事即可。"张齐贤手头正紧,并不推辞。

刀疤脸继续道:"实不相瞒,我们兄弟几人乃是幽州人士,不堪忍受契丹人的欺辱,不得已落草为寇,有家不能还,流落至此。日后只望能投军从戎,多杀几个契丹人,杀敌报国,一雪国耻。你是不知幽云的百姓过得苦呐,唉!"

张齐贤道:"如今大宋先皇崩殂,新皇方立,江山处处掩藏着危机。正所谓,攘外必先安内,依我看来,收复幽云之事不是一时的事,弟兄们还需忍辱负重。但我张齐贤在此立誓,他日若有机会,定让契丹人有来无还!"

"来,喝,一雪国耻,干了!"刀疤脸喊道。

皇宫之内,赵光义愁眉不展。他仔细地在皇榜上查找一个人,可翻来覆去也没找到那个名字,便传唤科举主考官宰相薛居正,随后问道:"薛爱卿,朕以为此次会试录取人数太少,爱卿以为如何?"

薛居正道:"启禀陛下,此次共录取一百六十六人。太祖在位时,一共举行过十三次科举考试,总共才录取一百八十八人。陛下改元以来第一次科举便录取这么多人,已经不少了。"

"太祖在世时,勤于平定天下,疏于治理天下。如今天下初定,正是用人之际,各级官员空缺实多,朕认为这一百六十六人还远远不够,应再录八十人。"

薛居正连忙说:"陛下,初录士子水平尚佳,这补录的士子就不敢恭维了。"

## 一、改元太平

赵光义想了想,道:"爱卿尽管从落第士子中择优选取即可,若文章差强人意,你可选取书法上乘之人。"

薛居正无可奈何,领命而去。

张齐贤这夜喝得烂醉如泥,睡得正香,却被外面的一阵骚乱吵醒了。

"皇榜补录啦!皇榜补录啦!"

张齐贤立即直起身来翻身下床,鞋子都没穿好,就跟着士子们去看皇榜。

众士子们喜出望外,有人欢呼着:"我被录取啦!陛下真是我们的福星啊!愿陛下洪福齐天!"

众人看罢,纷纷离场,而张齐贤又落榜了,嘴里念叨着:"仕途不如意,不如采风月,我且买快活去,销了这浑身的不痛快!"进了怡红楼,他挥金如土,让七八个歌女陪他喝酒,那几个强盗送给他的钱财不多久就全花光了。

老鸨眼见张齐贤的腰包空下去就变了脸色。张齐贤一摸兜,果然空了,歌女们便挣脱了他的怀抱。张齐贤面露不悦,兀自说道:"方才还见你含情脉脉,现在又变得冷漠无情,才知全是曲意逢迎。真是应了那句老话:婊子无情。"

老鸨也不依不饶道:"我们这里可不是谈情说爱的地方。有钱的话,我好酒姑娘伺候着,没钱那我可得送客了!伙计,给我赶出去!"

张齐贤像垃圾一般被扔到街道上。他晃晃悠悠地起身,揉了

## 第三卷　幽云长歌

揉屁股,又拿起兜里半壶酒,边走边喝,醉倒在一座匾额上题着"陆府"二字的宅子门口。传说陆府名气可不小,因它主人的遗孀柴氏出名。柴氏生得极美,平日怕惹来是非,一直深居简出。大清早,陆府的下人们开门发现门口躺了一个醉汉,怎么赶都赶不走,便禀报给夫人柴氏。柴氏见这醉汉身材魁梧,一身英气,看着装应是一位秀才,便令仆人把他抬回家暂时安置。

话分两头。皇宫之内,赵光义又不高兴了,又把宰相薛居正传来。"薛爱卿,朕觉得此次科举录取的人数还是不够,应当再补录。"

薛居正两眼瞪圆,简直不敢相信自己的耳朵,问道:"敢问陛下,因何又要补录?"

"选才任才宜多不宜少,宜广不宜窄。爱卿速速去办吧!"

薛居正无可奈何地又去沙里淘金了。

翌日,赵光义看了一遍再次补录的名单,终于在倒数第二位发现了那个名字——张齐贤。他这才心满意足。

张齐贤睡了一夜,醒来饥肠辘辘,不知身在何处。起身,外面走进来一个丫鬟,道:"公子,这是我们家夫人吩咐给您换的新衣服,您的衣服拿去洗了。"

张齐贤粗鲁地扯过衣服,对丫鬟说:"你转过去!还有,可有茶饭,我这肚子……""咕咕"两声,丫鬟忍不住笑了。

四个菜,张齐贤狼吞虎咽,一碗饭就下去了,他不好意思地说:"还有吗?"一碗又一碗,他吃了整整七碗。

## 一、改元太平

窗外的柴氏已经看了半晌,等他吃完,才走了进来。

"公子好饭量,招呼不周之处,还望见谅。"

张齐贤还未抬头,就先闻到柴氏身上散发出的迷人香气,抬眼见其走来,杨柳细腰,婀娜多姿,仿佛画中之人。柴氏一束银簪穿高髻,两鬓乌发卷腮红,纤细娥眉,明眸杏眼,樱桃嘴,瓜子脸,娇美难喻。张齐贤看呆了。

夫人欠身轻轻坐下,道:"公子觉得饭菜味道如何?"

张齐贤愣在那里没有作答。

"可是我家饭菜不如意?"

张齐贤自觉失礼,忙起身作揖道:"主人家说得哪里话,饭菜味道好得很,如此款待,在下都不知何以为报。"

"公子高姓大名,何以落魄至此?"

"我乃山东张齐贤,是刚刚落第的秀才。"

张齐贤把自己两次不中第的经历说了一遍。

"我一介女儿之辈,先夫夭亡。市井流言蜚语,我也置若罔闻,安心打理家事。公子乃男儿之身,区区落第之事,就堕落买醉,实不该如此,应当振作精神,从头来过。"柴氏义正词严地说道。

张齐贤顿觉惭愧道:"夫人说得是,张某惭愧之至。"

"不知张公子有何打算?"

"科举之路不通,在下想去代州从军,杀几个契丹兵一雪国耻。"

"依我看,张公子乃大将之才。"

"夫人休再挖苦在下了。"

## 第三卷　幽云长歌

柴氏命丫鬟收拾好包袱,里面装了几锭银子,道:"张公子乃是藏龙卧虎,当个小兵恐折煞了才华。还是应该再走仕途,来年重考也好。这些银子送与你作盘缠,望你莫要再堕落下去了!"

张齐贤感恩戴德地收下了。

"我不便抛头露面,恕不能相送了。来人,好生送张公子一程。"

张齐贤一步三回头,离开了陆府。出陆府不远,街上又有骚动,听说皇帝又补录了一批士子。张齐贤奔过去见自己终于中第,激动不已,道:"总算是有人慧眼识英雄,伯乐识良马,哈哈哈!"

他要把这件喜事告诉柴氏,在返回陆府的路上,却听到一些不中听的话:"我早就说那陆夫人养汉子,你们还不信,昨夜有人亲眼看见她让人抬了一个汉子进到府里去了! 寡妇难耐寂寞啊!"

张齐贤越听越气,直接冲上去,揪住那人衣服,怒道:"你这厮像个妇人一般在这里搬弄是非,造谣中伤,是何道理? 再让我听见,看我不揍你,滚!"

那人见张齐贤气势如虎,不敢招惹,边跑开边嘴里还嘟囔着:"这人有病! 此地无银三百两! 看你就像奸夫!"张齐贤不想纠缠,担心惹是生非。

张齐贤匆匆来到陆府门前,道:"陆夫人,张某人中第了,特来告知喜讯!"

无人应答,吃了闭门羹,张齐贤悻悻地离开了。可他心里一直想着柴氏,高中的喜悦也冲不掉这念想。

一、改元太平

## 2. 崇文编书

话说当年太祖西巡洛阳，天朗气清，心情甚好。御辇过处，百姓欢呼。突然，一个大汉拦住圣驾，高喊着："我有治国良策，进奉皇帝陛下！"原来是张齐贤。

侍卫大喊一声："大胆刁民，惊扰圣驾，你可知自己犯下死罪！"说罢拔刀相向。太祖突然大喝一声："住手，你是何方人士，有何治国良策，且说来听听。若是虚张声势，言过其实，定不饶你。"

"谢陛下不杀之恩！"张齐贤不卑不亢，"我乃山东士子张齐贤，有治国十策。"

太祖道："带他回去！"张齐贤跟着御辇，在一旁说道："天下初定，北汉顽抗，契丹陈兵幽云，畏我宋军之勇，不敢轻易来犯。收复幽云，必先剪灭北汉，不宜贸然北上。陛下宜分封田地，改风易俗，使民有所耕，富民强国，三五年后，我大宋兵强马壮，补给充盈，收复幽云，可定乾坤！"

太祖一听到剪灭北汉，收复幽云，心想：这张齐贤非等闲之辈，胸中之志竟与朕不谋而合。太祖端着茶喝了一口，又问："你且说说，如何富民强国？"

张齐贤躬身一揖道："我怕说不好。"

"哦，为什么说不好？"

"陛下，小人从前日起粒米未进，现在已经两眼昏花，能否先赏赐小人一顿饭。待我饱足，一并陈述。"

侍从们都哄堂大笑。

## 第三卷 幽云长歌

"好,来人,赐饭!"

张齐贤吃完,讲述他的十策:"陛下,小人胸中十策,乃是:取并汾、富民、封建、敦孝、举贤、太学、籍田、选良吏、慎刑、惩奸。"

"有道理,请细细分解……"

太祖听罢,表情凝重,道:"你这十策,取并汾、富民、敦孝、籍田可取,其余皆不足取。"

"陛下,小人以为这十策皆攸关国运,无一策不可取。"

张齐贤见太祖用人讲究法度,有理有据,便不再坚持,谢过太祖,拿着赏银离开了。

太平兴国二年(977)这次科举,最终进士科录取了一百零九人,诸科二百零七人,此外,赵光义命礼部翻阅贡籍,将前朝参加了十五次考试而没有中第的人一并赐予出身。这样算来,此次科举考试整整录取了五百多人,实乃前所未有。

这日赵光义在开宝寺设宴,宴请全部中第考生。这开宝寺内供帐甚伟,中举的考生们都感到荣幸之至。

赵光义容光焕发,对诸考生说:"诸位寒窗苦读数十载,换来今日金榜题名,实至名归,是我大宋栋梁之材。请与朕同饮一杯。"

考生们起立,对着皇帝躬身一饮。

"今日惠风和畅,朕心情畅快,诗兴渐起,且先赋诗一首,以飨诸位爱卿。"

众人鼓掌。

## 一、改元太平

> 逢春酒一杯，百卉向阳开。
> 
> 梨花看似梅，光扬迎日彩。
> 
> 嫩柳引清风，黄鸟声吹台。

皇帝诵出三句来，却左顾右盼，想不出第四句。"哈哈哈，来来来，共饮此杯！"

诸考生这才反应过来："好诗，好诗！"

"方才朕先起兴一首，召唤诗情，待朕再作诗一首。"

> 京都繁盛谁比矣，十二楼台重重起。
> 
> 九衢车骑日喧喧，广陌欢呼歌帝里。
> 
> 我今御宇临天下，物泰熙熙忻朝野。
> 
> 村夫击壤荷丰年，侯门朱紫皆风雅。
> 
> 无为一坦已成功，关防绝虑闲战马。
> 
> 唯愿君臣千万世，六合同心归华夏。

皇帝作出这首诗来，诸考生都匍倒于地："陛下洪福齐天，大宋王朝千秋百世。我等臣子定勠力同心，以报皇恩。"

这时，赵光义问道："哪位是张齐贤？"

张齐贤起身应道："回禀陛下，正是在下。"

赵光义朗笑道："张君为先皇画地陈十策，朕早有耳闻。君之十策，太祖不及采用，朕倒都听进去了。朕行'举贤'一策，才有今日这闻喜盛宴，这都是爱卿的功劳。"

赵光义继而让宫人宣读每位考生的治所与官职,张齐贤以大理评事身份通判衡州。

喜宴在喧乐声中结束。天子门生领着赏银十万钱,即分赴各地去了。

送走诸位门生之后,这日赵光义巡视了昭文馆、集贤馆。集贤馆的书堆积如山,昭文馆又太小,走路都困难。他问昭文馆大学士:"为何不妥善安置图书?"

"回禀陛下,太祖灭后蜀,得书一万三千卷,灭南唐得书两万余卷。前不久,陛下广开献书之路,搜罗天下图书,如今整个昭文馆内足足有八万卷图书。"

看着这昭文馆地处洼地,陈设简陋,勉强能遮风挡雨。赵光义对手下人说道:"若此之陋,岂可蓄天下图书,延四方贤俊?若来一场疾风暴雨,还不作践了图书?"

皇帝回宫后,立即命令工部选择地段,修建新馆。日夜赶工,新馆不久就建成,壮丽恢宏,赵光义为其定名为"崇文院"。

望着崇文院,赵光义对众臣说道:"朕决议延揽天下英才入崇文院编书修史,保我大宋万世基业!"

"吾皇万岁,这是天下的福音!"众臣跪拜于地。

崇文院建成后,赵光义每日来读书三卷。皇帝喜读书的事在朝中传为佳话,士子无不服膺。

## 二、收南平北

### 1. 强幸小周后

南唐兵败后,李煜被软禁在东京的一处宅院里。亡国之君,焉能欢喜?然而此刻李煜却得了美人。两人像涸辙里的两条鱼,只能相濡以沫了。

这日,李煜于梦中惊醒,打开窗户,只能看到深院高墙,不觉愁从中来。小周后看到此处,知其心中有诗,转身去磨墨。李煜接过笔,写下"问君能有几多愁,恰似一江春水向东流……"

这首词竟然越过这高墙深院,流入里巷,最终也传入了赵光义的耳中。

赵光义听闻歌词中"故国不堪回首月明中"之句,分明是反心未除,不若正好杀鸡儆猴,使已经归降的人不生异心,对于那些尚未归降的,也可起到敲山震虎的作用。

赵光义突然造访李煜府。

## 第三卷　幽云长歌

李煜、小周后二人正在絮谈，听闻赵光义到来，吓了一跳。赵光义可是头一次来到此地。"罪臣恭迎陛下。未知陛下光临，臣有失远迎！"

"爱卿平身！"

李煜起身。小周后在其身后抬头，赵光义定住了眼神，再也离不开了，小周后羞得将头扭向一边。公公王临机望着愣住的皇帝喊道："陛下，陛下！"赵光义方才回过神来，走向正堂。传闻小周后有沉鱼落雁之貌，今日得见，他方知后宫三千佳丽里竟挑不出一位能与这美人相提并论的。赵光义心里羡慕李煜这等福气，却也不是滋味。他坐定，说道："朕今日来只是想与郡公叙叙旧情，谈谈诗词，不提那些烦人的国事。"

李煜惊魂未定，听了这一句，心里放心了许多。"罪臣蒙陛下隆恩，封了陇西郡公，改了先皇所赐的违命侯，心里一直感念至今。罪臣如今潜心研究辞赋，陛下想听，当然知无不言。"

"朕近日听到朝野上下都在谈一首词《虞美人》，其中有一句'问君能有几多愁，恰似一江春水向东流'。是朕所赐的宅院不够宽敞，还是朕所赐的金帛不够使用，委屈了爱卿？"

李煜惊得一身冷汗，拜倒于地，忙说道："陛下所赐绰绰有余，罪臣断不敢有贪多嫌少之心！"

"哦？那么是朕所赐丫鬟仆从人手不够？"

"仆从足够，仆从足够听用。"

"那爱卿愁从何来？难道是爱卿想重回江南，看看昔日的江山了？"

## 二、收南平北

"罪臣断然不敢有此念。"豆大的汗珠从李煜的额头上掉落在地上。

"如此甚好!以后这'故国不堪回首'就莫要再唱了。要是再让朕听到,休怪朕绝情!"

"罪臣再也不敢了。"李煜连连谢罪。

"爱卿平身吧。朕还有一事,李贤妃素闻王妃有诗才,能弹唱。朕想在上元节邀请王妃去宫里赏灯作诗,不知郡公意下如何?"

李煜看了小周后一眼,面有难色。小周后方才见皇帝咄咄逼人,已经替李煜捏了把汗。现在李贤妃要请自己去赏灯作诗,正好可以化解此时这刀光剑气,于是就回道:"李贤妃邀请奴婢,是奴婢的光彩,焉有不去的道理,奴婢遵命便是!"

赵光义心中一喜,李煜相送出府门外,看着御辇远去,悬着的心才敢稍稍放下,便携着小周后回到内室。

这年春节方过,上元节转瞬即到。别人都是在欢天喜地中度过,唯独这一对苦命鸳鸯在提心吊胆中过日子。

这晚赵光义又来了。

"奴婢参见陛下。"

"平身!"

小周后左寻右看,也不见李贤妃,只好问皇帝:"今日李贤妃宣奴婢进宫赏灯,却不知贤妃何时莅临,又去何处赏灯?"

"李贤妃今日身体突感不适,再三托朕要好生照料王妃。朕已经准备好美酒佳肴,待与王妃一同享用。"

## 第三卷　幽云长歌

小周后说:"谢陛下隆恩,既然李贤妃不在,奴婢改日再来参拜贤妃。"

"王妃莫要急着走,今日上元佳节,来来,今日一定要陪朕喝两杯!"

小周后不敢违抗圣意,只能坐入席间,赵光义一杯杯地斟酒给她。小周后不胜酒力,三杯下肚已经是头晕乏力脸发红。这红晕让赵光义心花怒放,即刻命御乐奏乐,舞女跳舞。

"朕闻知王妃能歌善舞,当年正是以一双金缕鞋,一袭天水碧,一袖帐中香,加上一曲《蝶恋花》,迷得南唐主连大周后都不要了。朕无缘得见,一直引以为憾,今日王妃正好给朕跳上一支,圆了朕的心愿,好早些派人送王妃回去!"

小周后急欲还家,遂强作精神,站立起来,身体摇摇晃晃地跳起舞蹈。她身体越摇晃,酒劲就越浓,好几次差点都栽倒于地。

"朕陪你来跳!"

赵光义也起身,扶着小周后跳了起来。小周后抵抗不住酒力,已经不能控制。赵光义将手搂在小周后腰间,她完全无力挣脱,只能听任他摆布。

赵光义命乐队退下,宣画工进殿。他命宫人将小周后抬到空中,望着酒醉后的她仿佛一朵绽开的莲花,自己急忙褪去衣服,酒醉兴起,强行占有了小周后,还急呼画工"快快将美人与我尽兴之事画下来!"

事毕,画工将画呈上,赵光义见画中的自己体壮器伟,小周后又十分纤弱柔软,便极大满足了自己的凌辱之欲。又命宫人照画

## 二、收南平北

一幅,一幅挂在通明殿,一幅送给李煜;自己则把小周后强行滞留宫中,一连半月都不曾放出,其间更是变着花样地侮辱她。

李煜深夜还不见小周后归来,心急如焚,不知她在宫中处境如何。这时,宫中太监宣称:"王妃辄宿宫中,皇帝御赐宫画一幅,供陇西郡公赏玩。"

李煜接过画后,打开一看,便如万箭穿心,瘫坐在地,口吐鲜血不止,昏厥过去。仆从急忙抬回房内,直到第二天下午,才渐渐活了过来。李煜问仆人小周后回来没有,仆人回答尚未归来。他听了之后又不省人事。

这样一直持续了十五日,李煜每天茶饭不思,神情木讷。到了元月三十,才有人进来禀报:"郡公,王后归来了,王后归来了呀。"

"哦,回来了,回来了好!"便不再多说一句。

小周后下轿,身子薄成了纸片,两眼望着门里。只是等了半天不见李煜出来迎接。"陛下呢?"小周后在府上从未改口,已经叫惯了李煜为陛下。

"郡公大病,已有半个月下不了床。"仆人回答。

小周后听到此处,突然愤愤地冲入内室,对着李煜大呼小叫。

"你堂堂一个大男人,窝在几尺小床上,这算什么? 任凭你家女人在外面受人欺辱,你连个屁也不敢放。早知你这么窝囊,后悔当初随了你。你快点给我起来,给我到宫里去讨回公道来!"

小周后生拉硬拽,把李煜从床榻上拉扯下来。李煜被小周后这么一激,倒真来了劲,一时竟然真放下了生死,要找赵光义去

第三卷 幽云长歌

理论。

"我这就去宫里找那赵家老儿理论!我要去杀了他!"说着挎上宝剑,正欲出门而去。

小周后又大笑了起来。

"哈哈——呵呵——哈哈哈哈"那笑声十分凄厉,李煜便愣住了,小周后的笑声一直停不下来。

"就凭你,连个剑都握不稳,还想杀人。你连宫门都进不了!"

听罢,李煜的那股气便泄掉了,将剑摔在地上,长叹一声。

随后的几个月,两人都很难面对彼此,李煜对于赵光义的仇恨无处发泄,越发淤积,身体终于不能支撑了,只剩一口怨气,稍有清醒之时,便狠狠诅咒赵光义:"老东西!我就是有一口气,做了鬼也不放过你!"话毕,口吐鲜血。

赵光义听闻诅咒,怒从中来,便命医馆的程德玄调治药汤赏赐李煜。

王公公到了李煜这里,见他已经病入膏肓,整个人如行尸走肉,心里也多有不忍,然而皇命难违。

"郡公,吾皇知你病情加重,特命御医为你开方煮药,这药,这药,不管你是身病还是心病,不管你是苦病还是愁病,喝下去都会痊愈。"

李煜听完之后,知道自己大限已到。闭上了眼睛,唏嘘一声,正欲饮下药汤,门外却传来一声:"慢着!"

原来是小周后,她"扑通"一声跪倒在王公公面前道:"请公公

## 二、收南平北

容我与我家郡公说几句话。"

自从上次小周后谩骂完李煜之后,李煜在这半年之内就再也没有见过小周后,本以为小周后埋怨他窝囊,再也不会来见他了,没想到临走之际,小周后却来了。

"陛下。"听了这一句,李煜眼里涌出了泪。这一声中已经没有了埋怨,这一声是昔日的温柔加上今日的悲戚。

望着她,往日的欢笑历历在目,李煜悲声说道:"这一生,我有负于你。"

小周后坐到李煜身旁,紧紧地握起他的手,道:"陛下休要这么说。臣妾自从跟了陛下之后,享尽荣华富贵和人间欢乐。陛下才气天下无双,独独怜爱于我,我实无憾!只是造化弄人。可恨那狗皇帝色欲熏心,做出丧尽天良的事,让你我再也没办法相亲相爱。上次臣妾所言绝非是真心话,只是因为臣妾已经遭人侮辱,再无脸面见陛下了。"

李煜听罢,滚下床来,边吐血边挺着身子爬起来,与小周后搂抱在一起。还不等李煜说话,小周后便抢了那杯药汤,喝下一半去。

李煜放声大哭:"这又是何必呢?在阳间连累你,难道在阴间也要连累你啊!"

小周后显得更加平静了,道:"陛下,我们做永世不分离的夫妻。"

李煜听完之后便喝下了剩下的药汤。

### 2. 纳土献地

皇帝鸩杀李煜、强幸小周后的事传遍了东京汴梁。这日赵光义正在通明殿饮酒享乐,扬扬得意地看着那幅淫画,仆人来通报:"陛下,李贤妃来了。"

画还来不及撤下。赵光义语带慌张地问:"爱妃突然造访,不知所为何事?"

李贤妃先是看了一眼墙上的画,又看了皇帝一眼,皇帝羞得不敢对视。"臣妾今日来,是为了陛下的江山社稷。"

听到此话后,赵光义立即正色道:"爱妃何出此言,朕的江山社稷朕自有分寸。"

"陛下万圣之尊,天下都是陛下的,天下的女子也便是陛下的,臣妾说得可对?"

赵光义一听这话含沙射影,便说:"爱妃呀,你这是在和一个死人争风吃醋啊。"

"回禀陛下,臣妾与那王妃有过一面之缘,彼此十分投契,视为姐妹,何来争风吃醋? 臣妾所虑,实为陛下江山社稷。"

"你一个妇道人家,怎懂这社稷之事?"

"今日陛下之事,万民皆以为陛下与酒色之徒无异。鸩杀李郡公,如此一来,天下人以为陛下无容人之心,却有妒才害贤之嫌。陛下若继续如此任意妄为下去,如何立尊,百官如何拜服? 若失民心,陛下岂不是失了这江山社稷?"

赵光义起身怒骂:"朕贵为天子,临幸一个女人,斩杀一个奴才,哪轮得到你这后宫嫔妃来指手画脚!"

"臣妾句句为陛下设想。当年太祖将我许配给陛下之时,曾嘱咐我陛下若犯错时,要勇于谏言。今日臣妾以死谏言了。"话音刚

## 二、收南平北

落,还未等到他反应,便朝着柱石上碰去。"砰"的一声,李贤妃倒在地上,鲜血染红了那幅画。

李贤妃以死相谏,一片丹心,抛下两个幼子去了。

赵光义悔愧难当,上前将墙上的画扯下来撕得粉碎。

宫中的风波暂告一段落,赵光义开始谋划收复江南之事,江南一带人心惶惶。

这日,清源留后张汉思摆好了酒席招待清源军节度副使陈洪进。"陈将军,我漳泉两州地处东南膏腴之地,民富但兵弱,如今南唐与大宋南北对峙,将军觉得我漳泉该何去何从呢?"

陈洪进听出其中之意,道:"末将看来,李煜风流书生,不足以坐拥天下。赵光义文韬武略,天下必归于他。当审时度势,时机成熟,可将漳泉献于宋廷,如此可以保我漳泉长贵久富。"

张汉思心中不悦,道:"宋军还未到城下,便思谋献地,这根本就不把我这漳泉之主张汉思放在眼里。"忽然间地动山摇,桌子上的酒杯打翻在地,张汉思布置的刀斧手都暴露了。陈洪进的亲兵迅速冲进来,张汉思见事已败露,遂慨叹道:"看来真是天意!我漳泉是难以偏安而立呀!"

陈洪进道:"张将军,我将你推上帝位,你却恩将仇报,要算计于我,是何道理?"

张汉思仰头道:"你仗着军权在手,废主立君,违背忠义,大逆不道!"

陈洪进无奈地说道:"我是希望你能治理好我漳泉。那幼子乳儿,稍有差池便断送了我漳泉,岂不是功亏一篑。你我身处乱世,当明断是非,一切以社稷利益为重,以虚名假节为次呀!"

张汉思低头一声叹息说:"事到如今,我也无话可说。"

于是陈洪进夺了印玺,成了漳泉之主。

陈洪进千里迢迢北上来到了崇政殿上觐见皇帝。

赵光义下了龙椅,亲自相迎。"陈爱卿,朕甚为想念你啊!"

陈洪进长跪不起:"谢陛下隆恩。臣从少年起便饱经战乱之路,后投身行伍,又看惯了人世间的杀戮,希望有一位明君出世,还天下一个太平。早就希望将我那漳泉二州还归大统,如今我呈上漳泉二州的户籍、田契和兵士,悉数献于陛下。望陛下收纳,了却我这桩心愿。"

赵光义看了大喜,道:"陈将军一片苦心,朕自当收下。朕加封你为武宁节度使,在京城颐养天年。"

陈洪进连忙道:"谢陛下隆恩。"

吴越王钱俶已经来到汴梁半月有余了。

此番进京,钱俶带了金银细软和绫罗绸缎数车,还有犀象、珠贝、名茶等,尽皆奉送给皇帝。这天早上,谋臣崔仁翼把钱俶延请至楼上,微微开启一扇窗,指着街巷上的小商小贩,道:"我王,你且看街巷这些人在作甚?"

钱俶看了一眼,都是一些小商小贩在叫卖,平平无奇。

崔仁翼道:"我王请看那边,此人已经在对街盯着这边许

## 二、收南平北

久了。"

钱俶感到十分奇怪,便问道:"那他们是干什么的呢?"

"我王还不明白,这些人正是宋廷派来监视王上的,怕王上潜回吴越呀!我王,您可知那漳泉的陈洪进昨日面圣,已经将漳泉献于宋廷了。如今漳泉也改姓宋了,江南就剩吴越孤存一地。"

钱俶急得额头冒汗,道:"这可如何是好?不如你设计让寡人潜回吴越,再作定夺。"

崔仁翼说道:"我王,这次恐怕是插翅难飞。吴越离汴梁千里之遥,就算我们能逃离京城,也逃不过那路上的千郡万县,就算我们能逃离那些郡县,我等回了吴越,又能如何呢?凭借吴越之众起兵抗宋吗?"

一语惊醒梦中人,钱俶坐在了凳子上,沉默无言。

崔仁翼接着道:"我王,识时务者为俊杰。昨日那陈洪进献出了漳泉,宋廷给予他高官厚禄。今日陛下已经在宋廷掌握之中,随时可能人头落地。虽不求那高官厚禄,只求保全性命而已呀!"

钱俶挥手止住:"江南的百年基业,就要断送在寡人手中了。"他忽然想到了先祖钱镠的遗训:"凡事要量力而行。后世子孙当度德量力,如遇真主,当速速归附,切莫负隅顽抗。民为贵,社稷次之。免动干戈为上。如违吾言,立见消亡;若遵吾训,百代荣光!"

钱俶速命崔仁翼,连夜起草文书上表皇帝。

第二天,钱俶携领吴越的臣工觐见皇帝。

"吾皇万岁,陛下天命所归,臣愿将吴越之地悉数献于陛下。

此乃吴越的吏民与田产,悉数归附大宋。愿陛下万岁万岁万万岁!"

赵光义大悦,道:"爱卿平身。吴越钱氏世代忠良,承袭百年家业,方有千里国土。今日得爱卿之奉,自当永彰卿之忠义。卿之所请,尽皆依允。"随后又道,"吴越王钱俶听封,朕今日封你为淮海国王,你的儿孙,皆为王子王孙,世代享受尊崇。吴越之民皆乃宋民,一年内减免徭役,以彰伐唐助宋之功。"

自此江南州县,全部纳入宋土。

## 3. 兵发太原

江南平定,赵光义大喜,思量大军向处,北汉也不敢顽抗。这日早朝,他对众臣说:"江南二主识天下大势,献上江南户籍、土地,如今我大宋再无后顾之忧,正是剪灭北汉的最好时机,诸位爱卿以为如何?"

群臣附和道:"北汉弹丸之地,我军兵临城下,北汉军必闻风丧胆,不战而屈。"

宰相薛居正笑着说:"太祖三征北汉,皆未果而还。北汉城高池深,民心咸附,汉人向来彪悍勇武,又何时闻风丧胆过?况且北汉有大将杨业坐镇,此人乃当世豪杰,勇冠三军,我宋军诸将鲜有能与之匹敌者。"

曹彬听了之后心生不悦,道:"薛大人莫要长了他人志气,灭了自家威风!"

薛居正道:"陛下,请听微臣细细奏来。这北汉居河东高地,东

## 二、收南平北

有太行,西有龙门与黄河,北是雄关雁门关,南是霍山与鼠雀谷。太原城自唐以来皆被视为龙兴之地,向来是易守难攻。缘何?太原城周四十里,横跨汾河,城门二十四座。实乃是城中城,城连城。若要攻取,谈何容易?"

薛居正顿了顿,又说:"北汉与辽结盟,若我大宋发兵攻汉,同时亦挑起了宋辽战事。如若我军先收复幽云地区,其实为囊中之物,届时大军兵发太原,不发一矢则可得北汉。"

赵光义听完又问曹彬:"周世宗及太祖亲征太原,不能攻克。朕欲举兵,卿以为如何?"

曹彬信誓旦旦地说:"如今国家甲兵精锐,人心向背,有何不可?"

赵光义高兴地点点头。薛居正急忙阻止:"昔日世宗起兵,太原依仗北狄之援,不能力克,以致师老而归。今日得之不足以开疆辟土,舍之亦不足以为患,愿陛下熟虑之。"

赵光义内心不悦,道:"宰相言之有理,然而形势不同。今北汉危困已甚,彼弱而我强,此乃良机,不可坐失。朕意已决,卿等休再多言!"

退朝之后,大小将领都精心备战去了。赵光义决定在京城西郊检阅军队。艳阳高照,天朗气清。

崔翰手中共持五色令旗,大军绵延数十里,军士所到之处,尘土飞扬,遮天蔽日,十分壮观。

这其中还有宋军研发的新武器——投石机和连弩。这连弩所发的箭可以构成一个密集的封锁网,飞鸟也难以躲过。赵光义

## 第三卷 幽云长歌

大喜。

随后军士又推出一排投石机。石块上又加了火药,那火石从天上飞过,冒着黑烟,落到对面阵地上,一时火光四起,发出一阵阵爆炸声,像是火山爆发。众臣齐声呐喊高呼:"好呀,好呀!果然是神器呀!"

赵光义已经激动得站了起来,道:"有此神器,何愁北汉不除!"

赵光义走下来站在校台中央,众臣也跟随身后。赵光义道:"今日阅兵,方知我大宋神威。三军将士所到之处,必然势如破竹,如入无人之境!昔日周世宗与太祖数征北汉,皆不得而还。朕决定御驾亲征,不平北汉誓不还朝。剪灭反贼,一雪前耻!"

"皇上威武!皇上万岁万万岁!"高呼声地动山摇,薛居正尤感刺耳。

第二天早朝,赵光义宣布赵廷美总领朝纲,留守京畿要地。赵廷美听后喜不自禁,上前拜谢,只听身后的吕端道:"不可,陛下远征,以赵廷美之贵,理当随从。臣以为宜随陛下出征。一来赵廷美素有谋略,行军打仗可以为陛下出谋划策;二来赵廷美与陛下相携长大,知陛下寝食习惯,正可以照顾陛下龙体。陛下龙体若有半点差池,便会影响三军将士的士气。照顾陛下起居,非赵廷美莫属。"

赵光义问:"赵廷美你以为如何呢?"

"臣弟愿随陛下出征,能为陛下排忧解难,乃是臣弟的荣幸!"

赵光义心中十分高兴,道:"好好,有你与朕相伴,这一路便少了不少寂寞啊。朕当年随太祖南征北战,经常与太祖比试。如今正好与你比比,看看谁的计策妙了。吕爱卿,朕平日经常收到参奏你的本子,说你是个老糊涂,有渎职之嫌。今日你连朕的饮食起居都想得这么周到,看来你是小事糊涂,大事不糊涂呀。"

在场百官面面相觑,不知这是何意。只有皇帝和吕端心里最清楚,这大事不糊涂指的是哪件大事。

赵光义出兵太原之事很快就传到了辽国。辽国使臣回见耶律贤,耶律贤听后得意道:"宋军是志在必得了!"说完,便去调兵遣将。

## 4. 围城打援

宋军步步为营,很快便清理掉了太原城外的诸多小城,孤立太原。宋军陈兵于太原城外四面八方。北汉城头上站着皇帝刘继元和大将杨业等人。刘继元看着这城下望不到头的宋军,像热锅上的蚂蚁,坐卧不安。

潘美作为北路都招讨制置使,对着北汉城头喊道:"刘继元,你素与我大宋为敌,不时犯我中原,是何道理?你甘愿与北狄为盟,却不识天下大势,真是逆天而行。如今是你归附我中原大统的最好机会。今我二十万大军来取你太原,为了避免生灵涂炭,还是劝你早日打开城门。"

刘继元强作镇定道:"我太原城自唐代中兴以来从未陷落,你有本事就自己来取!"

潘美也不再多说,一声令下:"攻城!"

太原城城高池深,城墙上的滚木礌石用之不竭,守卒个个彪悍血性,勇猛异常。宋军自开国以来还没遇到过这么难啃的骨头。攻城战打了整整一天,十分惨烈,在城墙底下的宋军尸体已经堆成了山。宋军的好几架投石机散了架。到了晚上,宋军下令暂停攻城,来日再战。

杨业眼见自己训练的士卒惨死于这炮石之下,心中也实有不忍,回到军府茶饭不思。佘夫人心知肚明,说:"夫君往日征战,就算是打不赢,也会义愤填膺勇往直前,绝不至于唉声叹气。今日为何这般为难?"

杨业看着夫人说:"昔日我屡战辽人,杀得何其痛快!今日与大宋厮杀,同为汉人,于心不忍啊!"

"夫君既然不愿与大宋为敌,何不劝降刘主?如此汉人之间不再有厮杀,正可向那辽人要回我幽云十六州。当年为了抢夺幽云,你我先父都战死沙场。你我的仇敌不是宋人,而是辽人。"

杨业频频点头,眉宇间舒展开,道:"夫人说得是,那契丹人屡屡侵犯我河山。这些年北汉臣服于契丹,契丹人更是对我汉人指手画脚。我心里一直就窝着一团火,替契丹人卖命,这种事我杨业不想干了!夫人,我这就去陈述利害,劝我主息了这场战事。"

杨业到了刘继元的寝宫,直截了当道:"禀陛下,微臣是来劝降的。"

"大胆杨业!你携领众将夜闯寝宫,是要兵谏吗?"

"回禀陛下,这仗真的不能打了。我城中将士不足三万人,要抵御宋军二十万人谈何容易?今日一战,敌我之间平分秋色,但是这仗要继续打下去的话,我城中粮草匮乏,箭镞射尽,兵将疲乏,必

## 二、收南平北

有城破之日呀!"

刘继元一改颜色,将杨业扶起来后说:"杨将军审时度势,说得不无道理。那你倒说说,我等该如何是好?"

杨业说:"打开城门,迎接宋军进城。"

"那杨将军,孤且再问,我们把宋军迎进城之后,对辽国如何交代?"

"辽人向来贪利弃信,他日必破吾国,无一日不在窥探我中原,袭我子民。辽国才是我汉人的真正敌人啊!今日辽国遣来救兵,臣愿领军攻其不备,袭取之,如此可以截获军资,送与宋人,使百姓免于涂炭,陛下也可长享贵宠,不知陛下意下如何?"

"那杨将军,你可知我北汉与辽国有同盟之约,你却来献策违盟?辽兵来援,你恩将仇报要袭取之,岂不是背信弃义?"

"这,这,陛下……"杨业一时语塞。

"辽人既然与孤有盟约在先,我等岂能失信于人。"刘继元接着问,"杨业,你可知孤把那宋军放进城后,那宋朝皇帝要将孤如何处置?是不是要把他那龙椅让于孤坐?"

杨业又无话可说。

"既然那宋朝皇帝不肯让位于孤,那孤岂不是要做人家的阶下囚?你杨业劝降,是不是要改弦更张,谋立新君了?你身为主将,不思浴血奋战,战死沙场,反倒来劝降,实在是大不忠。像你这种不忠不义之人,留你何用?"

杨业已经被训斥得体无完肤,羞愧得说不出话来。

"来人,拖下去斩了!"

## 第三卷 幽云长歌

这时,众将士都跪下来恳求刘继元:"陛下,饶杨将军一命。杨将军实在是不忍见将士们流血牺牲,才来劝降的啊!大敌当前,斩杀主帅,于军不利啊!求陛下饶杨将军一命,我等愿誓死守城,与社稷共存亡!"

刘继元道:"杨业,孤今日念在众将为你求情的份上,且先饶你一命,望你好自守城,为国效命。"杨业等人便告退了。

那日侍寝的妃子对刘继元说:"陛下今日要真把那杨业给杀了,恐怕明日你我就是宋军的刀下之鬼了。"

刘继元对那妃子说:"这杨业乃是一个匹夫,孤今日只是用计激一激那一干将领,不然他们怎么为孤卖命?等辽军一到,孤与他们里应外合,一定会杀退那不知死活的宋军!"

杨业回到家中,佘夫人见杨业愁眉苦脸,便知劝降不成,正要再次宽慰,杨业却挥了挥手道:"夫人莫讲了,杨业已决心以死报国,不生他念了。"既然杨业已抱定死心,佘夫人也决定追随夫君。

翌日,佘夫人也披挂上阵,与杨业共同在城头督战。

宋军与北汉军激战近一月,战况陷入僵持。此时,耶律贤派大军三万人来援。主帅耶律沙,先锋官乃是敌烈。摆在他们面前的两条路,一条是石岭关,一条是镇州。镇州虽要绕道,但地势平坦,较为安全。这石岭关一带山川复杂,易守难攻,若宋军设伏,恐怕要吃亏。

于是,耶律沙对先锋官敌烈说道:"敌烈将军,镇州路途虽然遥远,但地势平坦。石岭关一带山高水深,林木茂盛,易于隐蔽,恐我

## 二、收南平北

军遭伏。"

"耶律将军,我军若走镇州,恐怕到了太原,宋军已经进城了。到时候宋军若从我后方包抄,我军进不了城,又难以撤退,那时如何是好?依我看,宋军这时正在太原酣战,无暇北顾。即便有埋伏,也不过是小打小闹,挡不了我大辽勇士。将军只管宽心!"

先锋官敌烈一向性情如火,命令所部开进石岭关,主帅耶律沙百般劝阻也无济于事,也只能率后军随耶律沙前进。

这夜,辽军行至白马岭,只见这岭间树林荫翳,道路崎岖。时而有飞鸟从林间跃起,辽军心中无不感到惶恐。敌烈算得上是一员虎将,从不畏惧,他大声对士卒喊话道:"各位将士莫要心惊,我等速速通过此间,不到一日便可抵达太原,击宋军于不备,必可大获全胜。届时我们要乘胜追击,打进汴梁,把他们的金库搬回我大草原去。哈哈!"

眼看就快要出岭了,眼前一条深涧拦住了去路。耶律沙对敌烈说:"将军莫急,我看这条深涧两旁草木茂盛,在兵家看来,乃是凶地。若敌军设伏,击我军于半渡,我军则无力还击。"

"耶律将军多虑了,你看这条涧,宽不过五丈,我军不消一个时辰就可以全部渡过。我看宋军不过是草芥而已,他若敢来偷袭,以我将士神勇,定教他有来无回。"

"敌烈将军莫要意气用事啊!看这条涧虽然窄,但是它夹在沟壑之间,恐怕是一条险沟。况且你看那对岸都是滑石青藻,就算是上了岸也难以立足。还是小心为妙!"

敌烈说:"耶律将军若是怕了,我亲率本部兵马先渡,等我过了

## 第三卷 幽云长歌

河,给耶律将军腾开了地方,将军就可以放心渡过。"随后转过头去,对所部兵马下令,"前部将士,听我号令,渡涧!"

一时间,敌烈所部一万多人开始渡涧。将士刚踩进去,水就没过了腰。有的就被暗涌卷了进去,还没来得及喊出声来,就被吞没在水里了。这一万多人差不多有一半人进了水里。正在此时,只听见一声炮响,山涧两旁的密林中射来无数箭矢,水中的兵士有一大半中箭身亡,另外一半则被水卷走了。

只见一支军队从左路掩杀过来,旗帜高悬一个"郭"字,原来正是郭进将军。这郭进使得一口长刀,直奔敌烈而来。敌烈心思大乱,正在愣神当中,忽见寒光一闪,一把刀已经到了自己的脖子上。"噗"的一声,血花四溅,敌烈的头就滚在了地上。敌烈所部将士见主帅已死,没了首领,纷纷扔下兵器,向着方才来的路又逃窜回去。

前军一乱,那些溃逃者纷纷冲入耶律沙的后军当中,后军也被冲乱。掩杀过来的宋军正好借着混乱,又是一通乱杀。耶律沙见败局已定,高呼:"全军撤退,迅速退出谷中!"辽军三军已经乱作一锅粥,宋军则越战越勇,一路追杀,一直追到谷外平地才罢休。

到了平川上,郭进命令:"穷寇莫追! 各位将领重整兵马,以防辽军再袭!"

郭进早就料到辽军会从石岭关驰援太原,事实上,自耶律沙进入石岭关这数十里以来,走到哪座山口、哪条小道,郭进都知道得一清二楚。此役郭进以一万人敌辽军三万人,击辽军于半渡,杀辽军一万余人。耶律沙见大势已去,引败军北还去了。

## 二、收南平北

### 5. 主降将守

宋军与太原守军又酣战了数日。城内滚木礌石都已经用尽，现在只剩下砖头和瓦片，都是强令城中百姓从家里拆下来的。杨业等将领还在城头浴血奋战，决心以死报国了。

这时，辽军在石岭关大败的消息传到了太原，人心惶惶。刘继元听罢军报，一下子瘫坐在地。如今辽军已经被打退了，靠山也倒了，他无计可施。

已经进入五月，这场仗已经打了快两个月。刘继元心想，城破之时便是杀头之日呀！于是便秘密收拾了家当，第二日曙光乍现，他便率领自己的亲兵，举着白旗，出城投降去了。

刘继元到了赵光义马前，跪倒在地。赵光义说："朕的大军兵围太原之日，便劝你早日归降，你却不识时务，顽固抵抗，弄得生灵涂炭，是何道理？"

刘继元吓得满头大汗，道："陛下饶命。臣今日闻陛下亲赴前线督战，所以自缚手脚前来认罪。实则臣乃被迫抵抗，都是因为有一帮亡命士卒为了苟活保命，在那里殊死抵抗，把我软禁宫中，使我不得传令投降呀！"

赵光义说："且留你性命，与朕到城前去叫开城门！若能叫得开，则罢了；若叫不开，朕再决定如何处置你。"

太阳出来了，蓬头垢面的刘继元来到城下，身后跟着两个宋军士卒。杨业等众将看到后万分震惊。

## 第三卷　幽云长歌

刘继元向城中喊话道："各位将军听我说啊，太原城已经保不住了。昨日见西北方有星殒落，自知天命所归，人不能逆天而行，朕已经降宋了。我劝各位将军莫要再抵抗，早早卸了兵甲，以保全性命啊！"

杨业等更是莫名其妙，如此变卦，究竟是何道理？杨业高喊："陛下，末将恕难从命。太原城自唐代中兴以来，未曾被任何人攻破，今日若丢在我杨业手上，岂不令杨家将蒙羞。"

杨业转过头来，对着众将士说道："众将士听令，今日我主已经降敌，如果有愿意出城投降者，杨业绝不阻拦，有愿意追随我杨业继续守城者，杨业愿与其同生共死。"

话音刚落，有一小部分人出城而去，杨业一脸无奈。太原城守军战死了一大半，出走了一小半，如今不足千人。这千人又足足抵抗了宋军三日，气得赵光义双脚跳。

第三晚双方歇战，佘夫人来到杨业帐中，道："夫君只知忠义，但所为只是愚忠愚义，非大忠大义！"

杨业道："何谓大忠大义？"

"你只知遵守盟约为义。但夫君所守盟约，乃是辽人权宜之约。我北汉夹在宋辽之间，宋人无法借道直击辽国，这盟约在辽人看来不过是一张绢纸而已。一旦局势有变，辽人必破盟毁约，夫君何必为这空洞的盟约而耿耿于怀呢？况且辽人世世代代与我汉人为敌，杀我汉人如屠羔羊。若有大义，这大义便是报仇雪恨，复我幽云十六州。"佘夫人又接着说，"夫君只知效忠皇帝为忠。可那刘继元乃是小人一个，绝非真命天子。用计激你等守城，又率先弃百

## 二、收南平北

姓于不顾。如此小人,为何效忠于他?那大宋皇帝已经统一天下并立言要光复我汉人江山。忠于汉人之主,方为大忠。此乃大忠大义,望夫君明断!"

杨业听罢,还是不愿意投降。就在这时,守军将领们一齐来到杨业军帐下,齐刷刷跪了下来。这些人遍体鳞伤,道:"杨将军,这仗咱们打不下去了。"看着眼前这情景,杨业心中实有不忍,重重地捶了一下桌子,长叹了一声。

第二天早上,赵光义命潘美准备总攻。城门却缓缓打开了,只见杨业和八百名将士手无寸铁地走了出来,跪在皇帝面前说道:"我众将士今日向陛下乞降,愿陛下开恩,将我等充军,来日斩杀辽贼。"

赵光义高喊道:"你等不识时务,不知死活,顽抗至今,伤了我宋军多少性命。今日乞降,朕岂能饶了你等!"

杨业答道:"陛下要杀就杀我一人吧,将士们都是听命于我的。"

刘继元在身边说:"陛下,我早有归降之意。就是这帮人阻我归降,我被软禁宫中,幸亏有得力助手才逃入宋营!"

赵光义听后,不由分说:"将这些顽固不化的士卒和将领全部杀掉。"杨业听后大惊,常言道,杀降不祥,这赵光义居然会杀降!

众人来不及劝,刀斧手已经将八百人头斩落,血淋淋的一片,尸横遍地,连宋军看了都不忍。这时就只剩下杨业和几名偏将了。赵光义正要下令斩杀,主帅潘美立即跪倒在皇帝面前,道:"陛下,

## 第三卷 幽云长歌

杨业不能杀!"

赵光义见潘美来劝,便问:"潘将军,此人为何不能杀?"

潘美说:"杨业乃是一代良将,素有忠义之名。常言道,千军易得,一将难求。恳请陛下饶杨将军性命,他日斩杀辽寇,将功补过啊!"

"既然是潘将军有求,朕且饶这杨业一命。潘将军可将此人收入帐下,好生调教,为国效力。"潘美再三拜谢。

赵光义又下令:"将这太原城给朕毁了!"

杨业急忙站出来劝阻:"陛下,太原城毁不得呀!陛下若是毁了这太原城,日后辽军来犯,我中原地区便是失去了一道屏障啊!"

赵光义正颜厉色地说道:"杨将军难道不知,我宋军已经将辽军击溃于白马岭,辽军如何敢来再犯?况且朕已决定,即日发兵燕京,收复我幽云。到时候重夺我幽云十六州,朕将以长城为屏障,又何须区区一个太原呢?杨将军还是要安守本分!"

君令大如山,三军将士只能在整个太原城内放火,一时间,太原城哭声震天,有些百姓死守家园,最后被活活烧死。大火烧完之后,赵光义命令将士掘汾水淹城,太原的断木焦梁悉数被冲走,全城一日之内化作一片废墟。杨业望着眼前这一片废墟,想到太原城昔日的繁华,心中悲愤,无以言表。

赵光义命大军在太原城郊的高地上休整。这天晚上,潘美等将领来见。赵光义打了胜仗,十分欢喜。"各位将士此番攻打太原,旗开得胜,理当加官晋爵!来来,与朕共饮此杯!"

众将领酒杯在手,却难以饮下。赵光义是聪明之人,当然知道

## 二、收南平北

将领们心里在想什么。"你们在想朕今日杀降毁城之事,觉得朕做得太过分了?"众人都没有言语。

"你们都以为朕太过残暴,如那秦始皇和西楚霸王一般。你等却不知,这太原自唐以来,都是龙兴之地。有太原存在,我东京就永无宁日。周世宗和太祖皆不能平北汉,乃是这旧朝龙脉树大根深,气数未尽,如今我斩断了这旧朝龙脉,我大宋便可存千秋万世啊!"

将领们都不懂这山川风水之说,也没有办法反驳皇帝。毕竟赵光义遍览群书,或许说得有几分道理。

这时,潘美说:"陛下,有一人求见陛下,让我做个引荐,不知陛下可愿意召见?"

"是何人?"

"杨业之妻,名作佘赛花。"

"杨业之妻为何求见朕?"

"她只告诉我说有冤要申。"

佘赛花进了帐中,行完礼之后便站在那里,她的打扮不似贵妇,而是一位女将军,英气逼人。赵光义等人暗暗称奇。

赵光义便问:"佘赛花,你有何冤屈?"

"回禀陛下,民妇今日来,乃是为那八百将士申冤而来。"

赵光义一听怒火中烧,道:"那八百人死守顽抗,真的是死有余辜,何冤之有?"

"陛下可是听了那刘继元所说,这帮将领挟持于他,使得他无法求降?"

赵光义一听略略点头。佘赛花继续说道:"陛下可知,宋军方到之时,夫君杨业携众将士劝降于那刘继元,献太原于陛下。如此可免了汉人争斗,可以一致抗辽。然而刘继元诡计多端,知我夫君忠义,用巧言激我夫君死守太原,实则是等待那辽军来援。后宋军击退辽兵,刘继元见城破在即,自己一个人弃了手下忠义将士,逃命乞降去了。怎能怪得这帮将士?"

赵光义听罢叹道:"如此说来,真是朕冤枉了这八百将士。大胆刘继元,竟然欺瞒于朕,害得朕斩杀了这么多忠臣死士,来人,把刘继元押上来。"

侍卫将刘继元押了上来,刘继元一看佘赛花站在那里,心里便凉了半截。

赵光义大怒道:"刘继元,你玩弄将士的性命于鼓掌之中。害得两军交战,死伤无数。后又欺瞒于朕,妄想侥幸逃过此劫。今日幸亏有杨夫人将你的罪行公之于众,否则连朕也被你玩弄了。你还有何话要说?"

刘继元一听腿都软了,跪了下来,大喊:"陛下开恩,我是真心归降啊!陛下,我只愿做个小民,请陛下饶我性命啊!"

"来人,推下去斩了!"

侍卫将刘继元押下,只听见一声惨叫,刘继元便人头落地。

## 三、兵败高粱

### 1. 幽云十六州

宋军在太原城外休整了几日,都等着凯旋还京,论功行赏。

这天,赵光义将众将召到帐中,好酒好肉犒赏大小将领。"今日我宋军大破北汉,中原一统,实乃千秋之功,了却周世宗和太祖一桩心事,他们在九泉之下也会含笑。"

众将士也向赵光义作揖道:"陛下英明神武,方有今日之功!"

席间各位将领喝得十分痛快,不久却见赵光义收回笑颜,愁眉苦脸,似有心事。

潘美问:"陛下既然打了胜仗,又为何如此?"

"唉,北汉虽平,幽云未复啊!何年何月才能将契丹人逐出长城以外,保我大宋长治久安呢?"

"陛下勿忧。收复幽云之事当从长计议,我等还京之后,重整兵马,谋定新策,再与那辽军一战,可定乾坤!"

潘美话音刚落,都虞候崔翰跳了出来,道:"陛下,要剿灭辽贼,何须再等？今日我大军方破太原，军心正旺，正好借此一举拿下幽州。"

潘美驳斥道："我大宋尽精锐之士才破得固城，元气耗损颇大，如今我军已为强弩之末。辽军势大，与北汉军不可同日而语，攻辽势必要从长计议呀！"

崔翰冷笑一声："将军说的哪里话！我军大破北汉，北汉主开城乞降，将军怎称我军为强弩之末？那辽军的确不可与北汉军相提并论，因为北汉军尚能顽抗，辽军在白马岭不堪一击。以我看来，自此取幽州，如热锅中翻烧饼一样简单！"

潘美不屑再与他争论，便道："意气之言不足信！"

这时，诸将都将头转向了赵光义。皇帝见崔翰与自己所想不谋而合，十分高兴，便说："开国以来，辽军与我宋军战不过数合，皆败北而还。如今郭进将军在白马岭大破辽军，辽军新败，必心生畏惧，我军正可乘胜追击。兵法云，地利不如人和。敌军怯战，我军则得人和。各位将军与朕一齐夺回幽云，再也不必受制于人了。"

崔翰马上应和道："陛下灭北汉乃为次，外寇方为大患。我军岂能半路折返，功亏一篑？"

出征之前，赵光义只商讨了平汉之策，何时提过征辽之事？在场将士大多表面回应，其实心存疑虑。

赵光义听后，借着崔翰的话说："我大军已辖太原，周转回东京，路途遥远，再举不易。趁着这便利，出雁门关北上，夺幽云，洗刷这百年之耻。朕主意已定，诸将莫要多言，回去准备吧！"

诸将见皇帝主意已定，不敢多言，离开营帐的时候，个个身心

### 三、兵败高梁

俱疲,垂头丧气。

太平兴国四年(979)六月,宋军从太原开拔至镇州,要翻越整座太行山。时值盛暑,不少士兵都病倒在途中。皇帝命部队在镇州集结,准备正式出征。他勒令所有将士整理衣冠、磨枪擦戟,兵发幽州。他对众将士训话:"朕此番亲自挂帅出征幽州,望众将士与朕协力杀敌,早驱辽寇,还我太平!潘美率前军兵讨岐沟关,刘遇、崔彦进等直取幽州!"

潘美跪拜禀道:"陛下,末将愿保举帐下一人为先锋官,定然所向披靡!"

"保举何人?"

"大将杨业有万夫不当之勇,可堪大任!"

赵光义犹豫了一下说:"杨业北汉降臣,寸功未立,若为先锋官,恐他人不服。"

潘美只能退下,点兵直逼岐沟关。

## 2. 合围幽州

宋军到了易州和涿州,两州相继献于宋军。

赵光义大喜,对潘美等人说:"我宋军神威,辽军皆望风而逃!"

潘美则说:"易州、涿州等地无险可守,守将又都是汉人,不愿同室操戈。幽州一带则不同,那里才是辽军的主力所在,陛下不可掉以轻心。"

"朕听人说那幽州守将乃是韩德让,其先祖被辽人掳去。此人有没有归汉之心?"

潘美回答:"陛下,吾看此人绝无归汉之心。其父韩匡嗣被封为秦王,其家族在辽国显赫一时,不会归降。"

赵光义若有所思,而后便道:"如此说来也免了口舌工夫,只有强取幽州。"

宋军很快就开到了幽州城南,但先锋军渡河时,沙河边忽然闯出一队辽军,杀了宋军一个措手不及。辽军正在水中杀得兴起,忽见后军已乱,只见乱军中那为首的宋军将领使得一支长枪,那长枪上下翻飞,所到之处辽将皆被挑落马下。原来是杨业,赵光义为了考验杨业的忠心,派杨业来支援先锋部队!

杨业将功补过,以数百之众,斩杀辽军千余人,生擒五百人,追出十余里,凯旋而归。

赵光义见杨业已回,疑虑方解,问:"杨将军为何轻进,追杀辽军如此之久?须知穷寇莫追。"

"陛下,末将绝非贪功。早年守护神木之时,与那辽军战过数合,深知辽军狡猾。辽军深居草原,习得狼之秉性。若不将其赶远一些,他又会折返回来袭扰。天长日久,必然拖垮我军。追出十里开外,是为了保我全军安然渡河。"然后杨业将契丹俘虏交与赵光义,他见之大喜。

潘美连连点头,道:"杨将军真是辽军的克星啊。"

众将拜服。

## 三、兵败高梁

辽军大将北院大王耶律奚底大败而归,百思不得其解。他引败军愁眉苦脸地回到了居庸关得胜口,距离幽州半日之遥。

此时,南院大王耶律斜轸来到帐下,耶律奚底随即出帐迎接。耶律斜轸说:"此次兵败之事我已略知一二,胜败乃兵家常事,大王切莫灰心丧气。我观宋军此次倾巢进兵,势必要拿下幽州。你我同朝共事,荣辱与共,如今不必纠结。你我应当协力退敌才是大计。"

"我并非惧怕战败,而是今日败得实在蹊跷。"

"何出此言?"

"我等用兵向来是能战则战,不战则退,边退边打,以退为进。这次我军初战已占上风,忽然见一支军队从后路杀出。我下令撤军,以为我军可以全身而退,可那宋军将领如恶狗追赶狼群一般,死咬着不放,追杀十余里都不肯罢休。"

耶律斜轸问:"哦,有这等事?大王可知引兵者何人?"

耶律奚底答:"我在厮杀过程中见那猛将使得一支长枪。我的几员大将合力斗他,我若不是有部将拼力保护,今日也难免一死。"

耶律斜轸更加疑虑:"宋军之中何时有这等人物?他日我耶律斜轸定要擒得此将,为我大辽所用!"

耶律奚底忙劝说:"大王若见此人,莫与他力战。我绝非信口开河,为今日战败之事开脱。"

耶律斜轸点点头道:"且不管他。如今这情势,你我二人恐难以退敌,依我看:第一,速速请陛下派大军援助幽州;第二,令韩德让死力守城,告知他,你我二人在幽州城外随时接应;第三,将军新

## 第三卷 幽云长歌

败,可以假意收容溃军,实则诱敌深入,届时你我合力再杀他一回。虽不能退军,亦可打击宋军气焰。"

耶律奚底听后连连点头。

赵光义听探马来报,耶律奚底在得胜口以青帜招容残军,意欲重整兵马来战,怒道:"这耶律奚底实在可恶,前者袭我军于沙河,今又在得胜口招纳残部,想与我军对抗。不灭此贼,难平心中之气。"于是命部下北击耶律奚底。

宋军一到,耶律奚底便假意逃窜。宋军心高气傲,一路追杀到清沙河附近,辽军突然分作两路。

这时,一队辽军突然从宋军后方杀出,正是耶律斜轸引所部兵马杀来。宋军后部大乱,正要回头,辽军又从两翼杀来,宋军遭到三面夹击,死伤过半。见三面被围,宋军只能向着清沙河中逃窜,辽军一路追杀。直到晚间,援军才赶到,辽军却早已退出清沙河外。

耶律斜轸大败宋军的消息传到了幽州城内,韩德让奋力拍案:"打得好!只要有南院大王在,幽州城便不会失。来人,这好消息要广为散布,让满城军民都知道,南院大王与幽州同在。"幽州军民得此消息后,人人振奋,不再畏惧宋军。

此后数日,赵光义求战不得,心里又急又恨,急召众将商讨破敌之计。

这时都虞候崔翰进言:"陛下,如今这耶律斜轸在清沙河一带

## 三、兵败高梁

虚与委蛇,实乃缓兵之计,等待辽军来援,其心无非是要保幽州不失。如果我军能一鼓作气拿下幽州,耶律斜轸见老巢已失,便再无顽抗之心了。"

这时杨业急忙进言:"崔将军所言有理。耶律斜轸所部万余人,确是在与我军纠缠,以待援军。然末将以为,此时总攻幽州不妥。辽军虽不足以与我军决战,却常袭扰我军背后。幽州守军见耶律斜轸所部仍然存在,便会赴死抵抗。幽州只可巧夺,不可强攻。"

赵光义再三思虑之后,对众将说:"诸位皆言之有理。以我看来,留一队人马与这耶律斜轸纠缠,防止他从后军偷袭。大军兵围幽州,发起总攻。只要拿下幽州,辽军来援也无济于事了。"

杨业想再劝,碍于降将身份,不便多言。

于是,总攻幽州开始了。

宋军攻势十分凶猛,烽火连天三日不绝。宋军架云梯,安洞子,如蚂蚁一般往上涌。辽军拼死抵抗,几日下来,只见城下宋军尸体已经堆成了山却仍不顾性命地往上冲。

辽军守将见宋军如此,于是乎手书赵光义,具陈归降之意。

赵光义得书大喜道:"这铁林军乃是辽军的重甲军,实为辽军精英,如今要归降我大宋,我看这幽州城不日就可攻下了。"于是他回书辽军表示同意。

李扎卢存见了赵光义的手书,自己引兵于夜间归降了。第二日,韩德让见铁林军归降,其余很多将领抗战的决心也大不如前,城内军心不定,于是急调城外守军耶律学古等人联合守城。

宋军又继续连攻几日,仍没有起色。

赵光义见策反失败,强攻又不行,思索再三,命三百名精壮士兵夜间偷袭,被韩德让发现。韩德让大喊一声:"贼军哪里走!"辽军将这几百名士兵活捉。第二天早上将他们押在城头,羞辱宋军。

赵光义并不理会,继续想方设法夺城——把隧道挖进城内,再偷袭城门。不料耶律学古在城内巡视,见一老妪在路上啼哭,遂问她缘故。那老妪说:"我家那老宅不知何缘故,一面墙塌掉了,把我那老伴压死了。"耶律学古顿生疑窦,急忙派人查看,发现宋军的隧道。这条隧道从城墙下穿过,已经快挖到城门边上。耶律学古命人引城中河水灌入其中,宋军有一小股士兵被淹死在其中。

赵光义的计谋又落空了,只能再次强攻。

## 3. 高梁河之战

这日,杨业秘密将部将召集起来,道:"诸位将军,业今日料定敌军必来偷营,我等且撤空中营,于此间多埋火药,多垒草木。三军埋伏在左右两端高地之内,一旦敌军前来劫营,待其冲入中营之内,我三军将其包围,以火箭攻之,必可大胜,解我大军后顾之忧。"

三更时分,耶律奚底悄悄涉过清沙河,大军上岸之后,用冷箭射杀宋军哨卒,悄悄摸进中军大营,一声炮响便杀将进来。可是辽军冲入宋军大营之后,大营之内空无一人。耶律奚底走到大营内,见主座上背坐着一人。他拎着宝剑走来,一剑劈向那人。原来只是一副盔甲,盔甲里发出刺鼻的味道。耶律奚底一闻,随即大喊一

## 三、兵败高梁

声:"不好,中计,快撤!"

说时迟,那时快。一时间,四周射来了无数的火箭,辽军将士多半中箭身亡。火药和着草木燃烧,烧得辽军哭爹喊娘。埋伏在两翼的宋军迅速杀出,将耶律奚底团团围住。

耶律奚底见逃脱无望,正要举刀自刎,忽然宋军后方杀出一支军队来,高喊着:"北院大王莫怕,南院大王来也!"

原来是耶律斜轸引兵来救。

耶律奚底见辽兵来救,骑马奔逃而去。耶律斜轸见耶律奚底已逃,自己也不再恋战,撤出了战斗。

杨业带领属下奋力追杀耶律斜轸。忽然听到有人喊:"杨将军何故如此赶尽杀绝!"

杨业闻声命令部下停止追杀,耶律斜轸也令部下停止搏杀。杨业催马上前,认出那是汉辽结盟之时有过一面之缘的南院大王耶律斜轸。

"杨将军别来无恙乎?"

"承蒙耶律将军牵挂,我杨业甚好。"

"我耶律斜轸今日败在杨将军手下,虽败犹荣。我耶律斜轸心服口服,但我绝非贪生怕死之人,势必血战到死。"

杨业见耶律斜轸是条汉子,当年在太原时,两人虽未深交,倒也意气相投。于是杨业对耶律斜轸说:"今日我且放你回去。莫要再扰我宋军后翼。我大宋收复幽云失地,理所当然,志在必得。"

杨业调转马头,骏马嘶鸣一声,扬长而去。

耶律斜轸看着杨业远去的背影,口中念道:"此人若落入我手,定要为我大辽所用!"随即引马而去。

辽援军偷袭失败,便再也不敢轻动,只能退到居庸关凭险而守。

赵光义得知此事,便加强了对幽州城的攻势。韩德让派了十多个传信兵飞马去西京请援,耶律贤获信,见幽州城危在旦夕,十分焦急,速召群臣商讨救援幽州之事。

耶律贤在朝堂上问众臣:"诸位爱卿,如今幽州吃紧,哪位爱卿可有破敌之策?"

众朝臣都知道宋军以十五万军队兵围幽州,如今幽州已经危在旦夕,而西京大同府又距离幽州百里之遥,又该如何破敌呢?众臣都面面相觑,提不出对策。

这时,南府宰相耶律沙随即向耶律贤请战:"陛下,臣愿率所部兵马前去救援。"

"耶律沙将军,你还有兵吗?"耶律贤此话一出口,又觉得失言了。

"陛下怎么能如此小看我?我军虽在白马岭吃了败仗,损了先锋,可主力仍在,至今依然有万余人可调遣。"

可是在朝的其他将领都对他不屑一顾,冲着耶律沙摇头嘲笑。常言道:败军之将,焉敢言勇。

这时,只见一人站了出来,对着那些嘲笑之人高喊道:"耶律沙将军在危困当局挺身而出,实乃大英雄也。你等众人战又不敢战,还在这里说风凉话,是何道理?"

## 三、兵败高梁

此人名叫耶律休哥,现居惕隐(掌皇族政教事务)之职。早年曾率军平定乌古和室韦两个部落的叛乱,有公辅之器。

"耶律休哥将军有何退敌之策?"

耶律休哥道:"陛下,可先派耶律沙将军所部一万人马袭扰敌军,缓解城中守军压力。陛下再在草原各部落征兵遣将,派一支大军与宋军决战。宋军如今已经是强弩之末,若我大辽有一支生力军,必可挫败宋军。"

耶律贤道:"休哥将军说得是。可是如今南院大王、北院大王都困在居庸关,我军现无大将啊!"

耶律休哥躬身一跪,道:"末将不才,愿挂帅出征。如若不胜,提头来见!"

耶律休哥器宇轩昂,陈述慷慨激昂,耶律贤哪有不允准的道理。他走下宝座,扶起耶律休哥,道:"将军,我将五院军队全部交给你来调遣,我大辽的盛衰就寄托于你了。"

"陛下放心,末将叫宋军有来无回。"

耶律贤对众臣和众部落首领说道:"如今宋军犯我南京,关乎我大辽的国运。各位首领全权配合耶律休哥将军,调集所部人马,同耶律休哥将军出征。如有违抗,军法处置!"

耶律休哥转过头来对耶律沙说:"耶律沙将军,你率领的一万人马不要与宋军正面冲突,只要不停地袭扰便可。"

耶律沙引那白马岭上战败的一万人马前来骚扰宋军。宋军和他刚刚交兵,耶律沙便败退而走。宋军得知是耶律沙领兵,知是先前败于白马岭的那支辽军,便起了骄心。宋军刚刚有所松懈,耶律沙又来偷袭,如此三番五次。宋军可以将其击退,但长期攻城,早已是人困马乏,无力再追。

潘美和杨业谋划,若辽军再来偷袭,一定要一鼓作气将他擒获;否则长此以往,宋军必被拖垮。

是夜,耶律沙又来袭营。杨业并不与敌军交战,而是带着一队人马直接奔敌后军而去,耶律沙并未留意。这时,宋军开始压迫辽军后撤。这一小队宋军如有千人之力,见一个砍一个,辽军死伤甚多,好不容易撤出去,又被宋军追杀。耶律沙回头见一将杀得兴起,被他追上的没有人能逃过一劫,他心生胆怯,驱马只顾逃命了,一直逃到了高梁河畔再无前路。耶律沙对溃逃的辽军喊道:"诸位将士,如今你我已无退路。正当报效大辽的时候,你我杀将回去,马革裹尸,血溅疆场又有何憾!"

辽军一听,皆不再逃,返回来与宋军拼命。这时,突见岸边火起,只听到:"耶律沙将军莫怕,耶律休哥将军率大军杀到!"一大队兵马擎着火把,朝这边杀来。

耶律沙等将士仿佛重新活了过来,宋军一听辽军来援,阵脚自乱。

耶律休哥命所有将士点起火把,一时间漫山遍野都是火把,红透半边天,足有十数万之众,整个高梁河被照亮了。潘美、杨业等将领重新稳住阵脚,赵光义尚在中军战车上督战,宋军重新列好阵脚,与辽军展开厮杀。

东方曙光微现,双方整整大战了一夜,死伤无数,横尸遍野。朝霞映在高梁河上,猩红一片。

## 三、兵败高梁

　　站在幽州城头的韩德让也是一宿未睡,关注着高梁河畔的一举一动。听到宋军败退的消息之后,韩德让重重地捶了一下墙,连拳头都磕出血来。他立即命耶律学古派出城中最后一支铁林军,助战高梁河!

　　双方都已无力再发动大规模攻势,可就在这时,居庸关的耶律斜轸和耶律奚底已经闻讯赶到。他们的兵马虽然只有数千,却是一支完完全全的生力军。宋军无力抵抗,全军败退。

　　耶律学古亲率铁林军,也加入了战斗。整整五路军马,五员耶律大将合兵一处,共战宋军。

　　赵光义见势不妙,像一只受惊的兔子撒腿便逃,完全不顾正在奋战的将士。宋军见大旗不在,就像是丢了魂魄一般,开始丢盔弃甲、慌不择路地朝着南方逃去,只恨不能两胁生翅。将军们无心再战,只有杨业一支军马阵脚尚稳,从容撤退。

　　这次轮到辽军在后面追赶宋军了。他们的骏马本来就常年奔驰在草原上,宋军的步兵只管往前跑,才刚听到身后急促的马蹄声,脑袋就被削了去。

　　耶律休哥敢在耶律贤面前立下军令状,绝非意气用事。他独具慧眼,天刚蒙蒙亮时,就瞅准了宋军的中军大旗,认清了赵光义的面貌。他带着所部亲兵一直朝着宋军的中军大旗下杀来。幸亏宋军将士死战,他才不得靠近。如今赵光义正在逃却,他哪里肯放过,一路追着那面旗子不放,并不理会沿途溃败的宋军。

　　不久,耶律休哥见赵光义正要爬过一座小丘,心中不禁一乐。他拉弓引箭,对准了略显臃肿的赵光义,"嗖"的一声,那支羽箭穿过三五人,直奔赵光义。赵光义绊了一下,那支箭没有射在他的胸口上,却射在了大股间。他"啊"的一声,昏死了过去。

耶律休哥急忙命令手下:"前面中箭的那厮是宋朝皇帝,谁若抓到那厮,赏金万两!"

辽军一听,蜂拥而上。赵光义好不容易被身边的军士唤醒,疼痛难忍,半睁开眼睛,却见所有的辽军疯了似的朝这边涌来,而自己身边已经没有多少士卒可以抵挡。他眼睛一闭,慨叹道:"朕命休矣!"

正在这紧要关头,只见一支宋军杀到,为首将领高喊着:"陛下受惊,杨业来也!"

杨业那支人马冲杀过来,将皇帝身边的辽兵一扫而光。杨业见对方主将在那里拼杀,随即取下长弓,抽出一支箭,朝那辽将射去,"嗖"的一声正射在耶律休哥的胸膛上。杨业便下马来,扶起赵光义道:"陛下受惊了!"

赵光义紧握着杨业的手,道:"杨爱卿,你来了!"

"臣救驾来迟,还请陛下恕罪!"

"爱卿说的哪里话,朕重重有赏!"

"陛下莫再多说了,赶紧骑上我的马,快些离开这里。"

可是赵光义此时股间插着一支箭,根本就无法上马。杨业只能命人将他搀扶着走并派人四处寻车来载他。后来兵士在附近一农户家中找到一辆驴车来,杨业看见那驴车,眉头一皱,天子万金之躯,怎能坐这驴车呢?但杨业看见皇帝现在已经虚弱得根本走不动路了,如此下去,一定会被辽军活捉,便命人将他抬上驴车。

## 三、兵败高梁

杨业负责断后，但辽兵实在太多，不到一会儿皇帝的驴车又被冲散。

耶律休哥中箭之后，被士卒救醒。方才得知那一箭射偏了五寸，并未射中要害。

耶律休哥不顾箭伤，连忙忍痛问道："拿下宋朝皇帝了吗？"

部下摇了摇头。耶律休哥强忍着疼痛坐了起来，道："不能再耽搁工夫，休要让那宋朝皇帝跑了。快与我准备轻车，我们继续追赶！"

站在旁边的士兵迟迟未动，道："将军，您的伤势太重，还是不要追了，您且回去养伤吧。宋军大败，已经死伤过半。再追下去就出了幽云地界，那里是宋军的地盘。"

"糊涂，宋军犯得我地界，我军难道不能犯他？快与我准备，若耽误了战机，你担当得起吗？"

那士卒无奈，只得去准备轻车了。耶律休哥又是一通追赶，死死咬着赵光义的驴车。耶律休哥的胸口不断渗出血来，辽军将士看到都很担忧。

耶律休哥催战车来追。乱军之中，他看见一驴车有众多士卒保护。耶律休哥指着那驴车对众军道："看见了吗？那驴车上坐的正是宋朝皇帝。"

赵光义的驴车因为赶得太紧，车轮碾到了一块石头上，他连人带车都掉进了水沟中。耶律休哥望见驴车上的赵光义，大喊道："赵光义，哪里走？"

## 第三卷 幽云长歌

赵光义抬头一看,耶律休哥的战车已在三十米开外。这次他觉得大限已到,后悔当初不听众将的劝阻,贸然伐辽。他浑身躺进泥水里,已经不再挣扎了。

正在这关口,又听得一句:"陛下莫怕,杨业来也!"

耶律休哥闻声回转,只见杨业一刀劈来。耶律休哥慌忙低头,那刀刃划过箭头,留下了深深的痕迹,鲜血直流。耶律休哥惊得一身冷汗。杨业驱马来到赵光义面前,将他从泥水中救起。

"陛下受惊了!"

"杨将军真乃是上天所赐!"

杨业派人将驴车从泥水中扶起,赵光义再次乘上驴车,继续奔逃。耶律休哥虽然又被杨业砍了一刀,仍然是重伤不下火线,一路追赶到涿州城下才罢休。赵光义躲进了涿州城中,这才算喘了一口气。

耶律休哥大胜,获粮草辎重、兵器符印无数,辽军上下都非常敬重他。


话说赵光义一路奔逃,宋军三军无主。大将石守信与刘遇等见他没有踪影,恐怕已经遭了横祸,尸首也不知落入何处。三军不可一日无主,大宋更不可一日无君。此时,武功郡王赵德昭正好打马从身边掠过。二人心想赵德昭乃是太祖的长子,理应继承大统。

"郡王殿下,如今吾皇已不知去向,恐遭不测。三军不可一日无主,还请郡王殿下暂摄高位,挽救我军于危难当中。"

赵德昭完全听不懂这二人的话,对他们说:"皇上在哪?两位

## 三、兵败高梁

将军赶紧寻来便是。"

二人默然无语。这时,石守信的亲兵传信于他:"将军,陛下已经进了涿州城,那里有三万守军,辽军见状已撤,陛下安全了。"

石守信等人听罢,才觉得方才对郡王说的话似有不妥之处。

宋军大败,所有将士重新在涿州一带集结,听赵光义重新部署。这皇帝逃到涿州后,惊悸未除,恐辽军围城,又急急奔往金台屯,方敢停驾观望。

常言道,没有不透风的墙。石守信等人谋立赵德昭之事不知如何传到了赵光义的耳中。他自知此次大败,三军对他这个逃命的主帅已经起了异心,深恐大军集结在涿州,真如当年陈桥兵变那般,又拥立了赵德昭。于是赵光义急忙派遣崔翰前往涿州,诏令三军班师回朝。

### 4. 逼死德昭

赵光义还京两月有余。夏末秋初,弯月悬于夜空,华丽的皇宫,竟也会如此冷清。

他忍着伤痛,心想:孤家寡人,难道这是帝王的宿命?在这愁闷抑郁之时,竟无一人可与谈心!他又想起了李贤妃,恍惚中好像看见李贤妃就坐在对面,伸手去抓,一切都幻灭为泡影。

赵光义扪心自问,自登基以来,每日勤勉。收复江南,平定北汉,建不世之功。为何满朝文武总是心怀异心呢?那日败北而走,军中文武若非及时得知自己未逝,赵德昭或已做了新帝!军中无主,大将谋立新君本亦无可厚非,然而,为何他们偏偏拥立赵德昭,而非自己钦定的赵廷美？思及此处,他愤怒不已,恨恨地将酒壶摔到地上。

第二日早朝,赵光义颁布了一道诏令:西京留守石守信、彰信军节度使刘遇,北征归途不守军律,乃至我军溃逃无章,护主无方,令朕蒙难,现即刻贬为崇信军节度使和宿州观察使。速速离京,不得有误!石守信与刘遇听罢,只得赴任去了。众臣都为其鸣不平。

武功郡王赵德昭在府中思虑良久,最终决定进宫面圣。他此次前来,不为别的,正是为了战后封赏将士之事。班师回朝之后皇帝未封赏一兵一卒,军中早已心生不满。百官明哲保身,无一人敢言。赵德昭替皇帝担忧,若长此以往,朝臣人心离散,对宋室不利。自己身为郡王,理当进言。

"陛下。"公公王临机见皇帝怒气未消,只是小心通禀。

"何事?"皇帝语带怒气。

"启禀陛下,武功郡王殿外求见。"

"不见!"皇帝甩袖转身。

王临机正要去回话,皇帝又喊住他,道:"慢,带他去偏殿!"

王临机领命而去,皇帝重重放下酒杯,起身去见赵德昭。他倒要看看这武功郡王此次前来所为何事。

君臣礼毕,赵光义看着赵德昭,淡淡笑道:"吾儿为何而来?"

赵德昭未作思索,当即道:"启禀陛下,大军北征,班师回朝已数日,儿臣欲请陛下封赏将士,以稳军心,固我大宋江……"

赵德昭的话字字戳到了赵光义的痛处。他冷笑一声,轻蔑地

## 三、兵败高梁

问:"都是败军之将,有何功劳可赏?"

赵德昭不懂察言观色,继续禀道:"陛下,儿臣以为,此次胜败不可一概而论。我军征辽虽然失利,然终究荡平北汉,陛下当分别考核,论功行赏。"

赵光义愤怒地一拍桌子,声色俱厉地说道:"汝自为天子,赏未晚也!"

赵德昭只觉脑中轰然炸响,震惊不已,"自为天子"?

赵德昭急欲辩驳:"陛下,此话从何说来?儿臣从未有如此大逆不道的想法!"

赵光义又冷冷一笑:"昔年太祖陈桥驻兵时,诸将为其黄袍加身,太祖声言自己决不愿为帝,都是部将们将他逼上了帝位!如今武功郡王在乱军之中,想必也是被那石守信和刘遇等人逼迫了?你父子二人活得都好不自在,有那么多人要逼你们,甚是辛苦啊!"

赵德昭这才想起归逃之时,诸将欲拥立自己为帝之事。可叹自己少不更事,后知后觉。他本想再解释,但赵光义疑窦已生,再解释只能加重这嫌疑。

赵光义见赵德昭已无话可说,回头便走入深宫。

赵德昭只能看着这个皇叔的背影,深深一拜,默默离开了。出了皇宫,心中千头万绪,自己一片忠心为大宋江山着想,皇叔怎能如此误会自己?父皇与自己向来不亲,直至驾崩,也未给自己封王。皇叔登基之后,自己才被封为武功郡王,位列宰相之上,自己对皇叔向来是感恩戴德的。可是今夜,皇叔竟然怀疑自己有谋权篡位之嫌！他现在已经是心如死灰了。

那夜，赵德昭坐在一盏昏黄的灯下，心中回想着皇叔的背影。赵德昭取来纸笔，留下一言："儿臣绝无谋逆之心，唯有一死以证清白！"随后抽出墙上的匕首，默默地划开手腕，鲜血一股股淌出来。烛台上的蜡烛一点一点地燃尽。赵德昭就这么离开了，时年二十九岁，尚不及而立之年。

晨间，郡王的房间里传来了丫鬟哭喊之声："郡王自尽了！"王府大乱，哭声震天，消息迅速传到了宫中。赵光义闻言大惊，迅速来到王府，看到了德昭留下的遗言，流下了眼泪，默念道："痴儿何必如此？痴儿何必如此？"

然后赵光义便放声大哭，声泪俱下，撕心裂肺，捶胸顿足。赵德昭自杀而亡，赵光义追封他为魏王，谥号"懿"。不久之后，赵光义又封赏荡平北汉的将士以及随军官员，众人大喜，便渐渐忘却了那位虽不谙世事却心地澄澈的魏王。

## 5. 满城之战

高梁河一役，辽军大获全胜。这日辽廷大帐之内，耶律贤召集群臣，对有功之士尽皆封赏。

耶律贤加封韩德让为辽兴军节度使；耶律学古为保静节度使；耶律沙力战有功，赦免白马岭战败之罪，不予加封；耶律斜轸、耶律休哥重重加赏！加赏完有功将士之后，耶律贤又义愤填膺地对群臣说："宋廷欺人太甚，屡屡进犯我幽州。常言道，人不犯我，我不犯人，人若犯我，加倍奉还。我意大军南下，以报围燕之仇，不知诸

## 三、兵败高粱

位意下如何?"

帐下众将都义愤填膺地说道:"陛下,派我去,派我去!让宋人知道我大辽勇士的厉害!"

耶律贤见群情激昂,说道:"如此甚好!燕王韩匡嗣听令!命你都统三军,协调诸部。"

"微臣谨遵皇命!"

"耶律沙、耶律休哥、耶律斜轸听令!命南府宰相耶律沙为监军,耶律休哥为惕隐。南院大王耶律斜轸,命你等率领东路军主力南下进攻镇州,打开宋国东大门。"

"末将得令!"

"耶律善补听令!命你率西路军出山西以为策应。"

"末将领命!"

九月初三,赵光义得到消息后,在宋辽国境东线急命守将驻扎。他在交予将领们的手书中写道:"一旦辽人来犯,三处兵马要协同呼应,前后夹击,一定大获全胜。"

赵光义又命潘美为河东三交口都部署,防备契丹从山西偷越。如今他想到了杨业当初的话:太原不能毁,毁了太原就是毁了一道屏障,此言真是不虚,他悔之晚矣。

辽军集结重兵十万余人自幽州出,直逼镇州,然而首当其冲的是一座小城——满城。

镇州守将刘廷翰得报之后,翻开地图一看,大惊失色。满城乃是一座孤城,无险可守,却处于定州南部要道,如若丢了满城,定州

## 第三卷　幽云长歌

危矣,镇州危矣!他手指再往前滑动,却见满城北部有一条河流,名作徐河,此河在定州境内,是一条天然的防线,若能却敌于徐河,辽军不能南下。然而那徐河在满城以北三十余里,离镇州更是有二百余里,现在却不知辽军先头部队有没有渡河而过。

刘廷翰火速传令部下:"速速传令全军将领,三军即刻开拔,一定要赶在天黑之前到徐河南岸列防。不得有误!传信兵,你等火速传信于崔翰将军和李汉琼将军,请他们一同前往徐河会兵抗辽!"

刘廷翰所部五万人马,从早上急行军,其间滴水未进,赶在夜幕来临之时,赶到了徐河南岸。宋军一到,眼见辽军先头部队零零散散也到了,刘廷翰长吸一口气。

刘廷翰见不远处河岸狭窄处有座木桥,大喊一声:"不妙!丁罕将军何在?"

"末将在。"

"快快与我夺下那座拱桥,休要让辽军抢了先机。"

那对岸的辽军也是眼疾手快,见河上立着一座桥,迅速派兵来抢。有十来号人已经冲到了桥中心,眼看就要夺下桥。

这时,丁罕上半身赤着,手提一根狼牙棒,冲到桥心,他的狼牙棒只要擦着辽兵,身上就得开几个窟窿。一名辽军小将提弯刀向其背后刺来,丁罕肩头一抖,一个闪身便避开了那刀。闪身过程中,他那根狼牙棒也是随势而起,只听"啪"的一声,便落在了那小将的头上,鲜血和脑浆都迸了出来。辽军见那丁罕脸上沾满了鲜血,如嗜血的妖魔一般,连连退却。丁罕一直往前杀,

## 三、兵败高粱

后面的宋军也跟着往前推进，硬是将辽军从桥中心重新赶回了河北岸。

丁罕命士兵在桥心修整工事，自己将狼牙棒插在身边，站在桥头等待辽军，辽军谁都不敢再上。工事修整完毕，丁罕布置了上百名弓箭手，五十米之内的辽军尽皆被射杀，辽军便再也不敢靠近。

徐河上的桥被宋军占领，辽军主帅韩匡嗣捶胸顿足，后悔行军太慢，若稍早一步，大军便能安然渡河了。

到了第二天早上，十万辽军已经列阵于对岸；而此时，宋军崔翰所部两万人马，李汉琼所部一万人马也分别赶到。这崔翰本就驻扎在定州，距离徐河不过几十里之遥，却今天早上才赶到，刘廷翰对这个只会信口开河、大话连篇的将军摇了摇头。

辽军见桥已被占，只能强渡。韩匡嗣命辽军分为左右中三路，分别从桥的左边、右边和桥心之下渡过。渡河作战本是兵家大忌，但辽军前几月大胜宋军，信心倍增，毫不畏惧。

刘廷翰派崔翰迎击辽军左路兵马，派李汉琼迎击辽军右路兵马，自己坐镇中路。

韩匡嗣令旗一挥，道："渡河，杀向宋军！"辽军便疯了似的涌进徐河，有些人纵马往前蹚，有些人摸着过，有些人则索性抱着木头往前泅渡。

辽军渡过一半，刘廷翰从容应付，命令弓箭手万箭齐发，水中的辽军很多都惨死于箭下，然而攻势未减。有些辽军甚至已经爬上了南岸。刘廷翰将弓箭手换下，步军迎上，他们多手持长矛，辽军刚上岸，便被刺穿了喉咙，摔回河中。

## 第三卷　幽云长歌

韩匡嗣的中路军和右路军根本就上不了河对岸,韩匡嗣、耶律斜轸和耶律沙等人都急得眼冒金星。

这时,却见辽军左路人马有一小撮已经杀上了对岸,站住了脚跟,士兵列阵于南岸,为后军开辟了登岸空间。原来那携领辽军左路人马的大将不是别人,正是耶律休哥。他派一队精于习水的士兵,选择一条线路,先杀到河岸,开辟一块阵地,后续部队再跟上去,如此便可减少牺牲。

那崔翰见辽军左路只有一小股渡河,起初并不放在眼里。但等到那股人马登上岸后,崔翰才发现要将他们重新赶进河里可就不容易了。那小股人马并不参与厮杀,而是筑起了盾牌,形成了一道防线。宋军刚靠近,盾牌中有长矛刺出,宋军便倒下一片。那片阵地只有狭小的一块,宋军又不能使出全力迎上去厮杀。崔翰都急红了眼,可是却毫无办法。辽军的后续人马陆续上岸,那盾牌阵也逐渐向外拓展,越来越宽,不到一会儿,已经占了崔翰所在河岸的三分之一。崔翰打眼观瞧,只能看到一排盾阵,却不知后面是什么情况。这时,只见辽军的盾牌阵逐渐打开了一道口子,盾牌之后列了十数匹马,中间的马上坐着耶律休哥。耶律休哥把刀一横:"杀!"辽军大股士兵冲向宋军,宋军抵挡不住。那耶律休哥与十来个辽将驱着战马,在宋军当中横冲直闯,杀了好几个来回,宋军阵势大乱,渐有败象。

"报!左路大军被辽军攻破,辽军已经渡河而来!"

刘廷翰听罢大惊失色道:"什么,左路已败?"他骑着骏马速速赶来左路察看,见那为首的辽军将领正要斩断宋军中路和左路的

## 三、兵败高粱

联系,意欲全吞崔翰所部。若左路军被全歼的话,三军必败! 刘廷翰不敢打下去了。

"快,鸣金收兵,三军退回满城!"

崔翰早就恨不得退兵了,如今一听鸣金,撒腿便跑;而李汉琼还在厮杀,一听宋军鸣金,虽不知何故,但也只能引兵撤退了。

耶律休哥追杀一阵,也不敢孤军轻进,因为中路军和右路军尚未登岸,而宋军败逃进满城。

辽军三路人马虽然过了河,但也死伤甚众,折了一万多人马。而宋军只有左路军损失惨重,折了五千余人。

过了几日,满城下,韩匡嗣一声令下:"开始攻城!"

辽军将无数箭镞射向城中,投石机将石块合着火药一起扔向城中,城中四面火起。宋军与辽军大战一天一夜,双方均死伤惨重。

这时,刘廷翰在城内召集众位将领。"前日我军虽然没有守住徐河一线,但辽军渡河也死伤惨重。只是如今我军被困在满城之中,若时日长久,我军水尽粮绝,如何是好?"

这时,崔翰说道:"将军勿忧。陛下在临走之时授我八阵图,此图乃是根据蜀丞相诸葛孔明的阵法演变而来,必能退敌!"

"哦? 将军且说说八阵为何?"

"将军,明日你我开城叫阵。我军八万人马,分作八路,每路万人为一阵。分为生、伤、休、杜、景、死、惊、开八门,变化万端,可挡十万精兵。此八阵各自为战,每阵相距百里,各阵之间不要冲撞了

## 第三卷 幽云长歌

彼此,方能保护阵法周全。"

镇州监军李继隆问:"崔将军,若八路人马每军相距百里之遥,我军如何呼应?敌军若集中兵力攻我一路,我军岂不是要坐以待毙?"

崔翰说:"此乃陛下临行之时授予我等之阵法。"

就在大家犹豫的时候,刘廷翰站起来说道:"陛下委我等以守边重任,只是希望我等能够力克强敌。如若我军星云棋布,其势单一。若辽军乘利攻取,我军势必要大败。依我看来,还是按照我们此前的办法,合兵一处,方可决胜。违令而决胜,也比兵败辱国要强得多!"

崔翰还要再说,却被刘廷翰挡住。刘廷翰道:"崔将军莫要多说,将在外,君命有所不受!如果陛下怪罪下来,我一人承担!"

李继隆十分支持刘廷翰,说道:"古来兵贵适时适机而变,安可以提前料定?违诏之罪,我李继隆愿意独当!"

刘廷翰见有人支持,便下定了决心。

此时,李汉琼也来献计道:"刘将军说得即是。我军人马本就少于辽军,若分兵迎战,无异于自讨苦吃,我军势必要合兵一处,像是一记重拳,才能重创对手。但现在我认为还不宜硬碰硬。"

刘廷翰便问:"李将军有何妙计?"

李汉琼便将他的计谋说与众将听。

韩匡嗣正在中军宝帐筹谋攻城之策,有一宋军士卒求见,声称带了李汉琼的书信。韩匡嗣打开一看,信中写道:"将军别来无恙,

## 三、兵败高梁

末将李汉琼自知难敌将军神威,满城如今已是水尽粮绝,城破在即。末将不愿部下将士做刀下冤魂,愿率所部人马投靠大将军,恳求将军收留。末将今夜愿打开大门,到时将军可于南门外等候,吾将派一队人马接应。到时将军与我里应外合,将满城拿下。事成之后,还望将军能恕我抗辽之罪。李汉琼再拜!"

韩匡嗣见信之后欣喜若狂,这满城看来已经是守不住了。如今正好可以借这李汉琼打开城门。晚间韩匡嗣携领本部精兵往南门而去,耶律休哥见大军调动,不知何故,便赶来相问。

"韩将军夜间起兵,不知意欲何往?"

韩匡嗣大笑一声,道:"耶律将军,今夜我便可拿下这满城。城中已有人要献城于我,如此良机,焉能错过?"

耶律休哥思索片刻,对韩匡嗣道:"宋军士气正旺,乃是设计诱骗将军呀!将军莫去!"

"耶律将军多虑了!宋军已被我军困了数日,已经不堪一战。我定要拿下这头功!"

韩匡嗣引兵乃去,耶律休哥不能阻止,遂通知所部人马进入作战状态,并随时准备撤军。

韩匡嗣到了满城南门,摇火把为号,城头亦有火把回应。这时,果然有一队人马从南门出来,朝着辽军开来,为首的将领乃是李汉琼,马后高竖"李"字大旗。

"哈哈哈,李将军真的是言而有信啊!"

那队人马快到辽军面前时,突然点起火把,后军战鼓擂起,朝着辽军杀来,辽军先头部队被杀了个措手不及。而此时,旁边又有一路宋军杀到,乃是刘廷翰。这路人马趁辽军不备,偷偷埋伏于城外高地之中。两路人马把韩匡嗣的前军杀得大乱。

韩匡嗣面色一改,道:"不好,中计,快撤!"

这时,城中宋军从满城四个大门如潮水一般涌出,向辽军营盘杀去。辽军猝不及防,军中大乱,四散奔逃,唯独耶律休哥所部从容撤退。

辽军一路奔逃至徐河,才喘得一口气,意欲列阵再战。这时,又来了一队人马从后方杀出。韩匡嗣大惊失色,这宋军前有追兵,后有堵截,辽军有全军覆没的危险!原来这一队人马乃是崔彦进所部两万余人。崔彦进自开战初时,便绕过长城口,伏于辽军后方,意欲与大军呼应。如今得了消息,辽军败走满城,正是棒打落水狗的好机会。

崔彦进杀得兴起,韩匡嗣眼看支持不住,拨转马头就意欲奔逃。崔彦进大喊一声:"贼将休走!"催马来追。眼看着要追上时,辽军一员大将从斜刺里杀出。"韩将军只管走去,耶律休哥在此!"崔彦进听得休哥大名,高梁河之败正是这耶律休哥所赐。崔彦进正希望一雪前耻,便不去追那韩匡嗣,与耶律休哥来战。

双方战了几合,耶律休哥虚晃一刀,拨马而走,几员小将已经挡在崔彦进面前。耶律休哥高喊:"来日再与你一战。"

耶律休哥从容撤退,崔彦进无可奈何,十分佩服耶律休哥深知进退之道。

## 三、兵败高梁

宋军此役大胜。斩首辽军万余人,俘虏三万余人。生擒辽军各路酋长三人,缴获马匹辎重无数,凯旋还朝。

赵光义大赏各路将士,唯独对刘廷翰和李继隆等人说道:"你等违逆圣旨,不列吾阵。念你等打退辽军,朕恕你等无罪。功过相抵,不予封赏。"

诸将多为刘李二人抱不平。

## 四、金匮之盟

### 1. 雁门关大捷

太平兴国五年(980)三月,距满城之败不过半年,耶律贤召集群臣,商议复仇。他对群臣说道:"宋军在满城大败我军,我军焉能咽下这口气?眼下我西京大同府尚有十万大军,不如一战报仇。既然东路有宋军重兵把守,西路必定空虚。我军应从西路打开通道,进取中原。"

耶律贤这次的确猜对了,这西路宋军总数不过五万余众,还要分兵把守各个要塞。

"我王,末将不才,愿率本部精兵,直取雁门关,届时便可长驱直入,袭取汴梁,尽得中原之地为我辽国所有。"说这话的不是别人,正是驸马爷萧咄李,耶律贤身边的红人。耶律贤向来喜欢这个女婿,道:"好,大同府十万精兵全部交予你调遣,定要拿下雁门关!"

萧咄李不日便出发了,随军出征的大将还包括军都指挥使李

## 四、金匮之盟

重诲等人。

话说冬天方过,春天来了。人的血液都开始再次暖热起来,赵光义此时觉得箭伤处奇痒难忍,一发作就会想到高梁河兵败,疼痛就愈加难耐。

忽闻外面就有人传讯:"皇上,前线来报,辽国十万大军兵发雁门关!"赵光义从卧榻之上翻身而起,完全忘记了伤口奇痒。他大踏步赶赴大殿之上,王临机连忙在身后跟着,说道:"皇上,您的身子呀!"

赵光义语气凝重地对大臣们说:"辽国为报围燕之仇、满城之败,现如今十万大军南下进逼雁门关,诸位有何对策?"

群臣无不面面相觑,一时不知如何是好。张齐贤进言:"陛下,雁门关守将杨业曾大挫辽军南院大王、北院大王,令杨业为代州兵马部署镇守雁门关,依微臣看来,辽军一时半会儿攻不下雁门关,陛下可暂时安心。"

张齐贤这么一提点,赵光义才想起杨业,于是令杨业镇守雁门关。曹彬进言:"那雁门关守军不足五千,如何抵挡辽军十万兵马。纵使杨业有三头六臂,恐怕时日长久,这雁门关也是要丢掉的。"

张齐贤补充道:"陛下,潘美将军正在代州一带巡视,其手中尚有五万精兵,可令其速速驰援雁门关,以潘将军之谋和杨将军之勇,可保雁门关无虞。陛下可调派京城兵马,再为驰援,方可击退辽军!"

赵光义觉得有理,点头赞同道:"速速命潘美前往雁门关,相机

## 第三卷 幽云长歌

破敌。曹彬与张齐贤于汴京征调军队,以为后援。"群臣遵命而去。

那萧咄李引着十万大军到了雁门关下。雁门山高耸陡峭,即使飞雁也无法越过山峦,只能从山中的间隙飞过,嘶鸣一声,回音四起。

此时潘美所部兵马尚在三交口,距离雁门关还有一段路。杨业早已在城头巡视。萧咄李率军到雁门关下,向城内高喊:"杨业小儿,快快出城归降,念在昔日为盟的份上,且留你一条性命。"

杨业在城墙之上不屑地回了一句:"萧咄李,你寸功未立,仗着自己是皇亲国戚,方有今日统兵之任。我劝你还是早早打道回府,两军交战,刀剑无情,免得白白葬送了性命。"

萧咄李属下李重诲附耳劝阻道:"末将早年曾经和杨业打过交道,此人颇有谋略,将军还是小心为上。我大军方到此地,不熟悉地形,而对方以逸待劳。将军且休整一日,明日再来攻城。大军可以一鼓作气,拿下这雁门关。"萧咄李听罢十分恼火,他平日最憎恨被别人轻视,于是迫不及待地下令:"攻城!"

辽军蜂拥而上,却在狭窄的悬崖入口犯难,雁门关的险要地形大大挫了辽军气势。杨业在城上指挥若定。攻了半日,天色已黑,辽军毫无办法。

晚上,杨业与部将们商议退敌之策。即便有雁门关天险,然而城内毕竟只有五千守军,明日再战,恐怕难以抵挡辽军的进攻。

杨业问:"潘将军的援军现在哪里?"

"禀告将军,尚在百里之外,明日晨时便能赶到!"

## 四、金匮之盟

"太好了。诸位将军,我有一条妙计,保管杀退辽军。"

"将军请讲。"

"这辽军向来以为我宋军只会固守待援。此次我杨业准备趁其立足未稳,出奇兵以先发制人。"

"将军要如何出兵?"

"趁夜色,我带三千人马从雁门山后小道绕至敌军后翼,明日晨时,待潘将军一到,我从辽军后翼杀出,潘将军开关迎敌于前方,我们前后夹击,定可一战而胜!"

"杨将军不可!将军只带三千人马,孤军深入,若不能杀乱辽军,恐怕将军有杀身之祸!"

"唉,今夜是出兵的大好时机,如果贻误了此次战机,再要战胜辽军就难了。我杨业个人生死无足轻重!"

"将军,还是等潘将军一到,再寻良策。"

"我意已定,诸君休要再议。你等只有一千人马,今夜要小心守关,莫让辽军偷袭成功。明日见了潘将军之后,告诉潘将军,我杨业若能杀乱辽军,潘将军可出关迎敌;若不能,潘将军要小心守关,莫要再出战了!"

杨业说罢,便带领三千人马备铁钩长绳,攀山越岭,在晨时已经潜藏于辽军后方。

第二日晨时,潘美如期赶到。偏将将杨业之计说与潘美。潘美听罢,为杨业捏了一把汗。

一大早,萧咄李又派兵攻城。辽军刚刚列好阵脚,前军已经爬到城墙一半。忽听见背后一阵炮响,一支宋军从后方杀来。只见

## 第三卷　幽云长歌

山后尘烟四起，不知有多少人马。原来是杨业命令百余名士卒在马后拉上枝条，来回奔跑，扬起灰尘，以为伏兵之用。

看到后军开始生乱，辽军不知何故，纷纷扭头去看。本来有一股士兵已经快登上城墙，怎奈这一转，又被宋军挑下。杨业那三千人马冲入辽军阵营，淹没在敌阵中。

萧咄李见状并不在意，仍命令部下继续攻城，命李重诲领一支人马来战杨业。

杨业在乱军之中杀了几通，又退回山坡之上，准备再冲杀一次。然而杨业的偏将对他道："杨将军，你我乃北汉旧将，宋将对我等多有嫌隙。兄弟们在此厮杀，那潘美却站在城头坐视不理，你我且逃吧！"

杨业大喝一声："休得胡言，我等只要再厮杀一通，只要辽后军一乱，潘将军定会从正面杀出。"

潘美站在城头，眼见杨业在乱军之中杀得十分辛苦，却只能按兵不动。如若自己这四万人马出去和辽军火拼，恐有全军覆没的危险。如果丢了这雁门关，山西一带将无险可守。潘美攥紧拳头，头上冒着汗，仍然下令守军不得轻易出去。杨业携领部下再冲杀下来，遇见那李重诲，两人战了十几回合，未分出胜负。

杨业的三千人马在恶战之下恐怕连两千人马都不到。杨业心思一动，索性佯装败逃，李重诲便死死追赶。谁知杨业突然将马拉住，马匹嘶鸣一声，前蹄飞转回来。李重诲尚在乱神之中，只见一道寒光劈来，人头便滚在了地上。

辽军见后军主将被杀，乱了阵脚。杨业奋力厮杀，冲入了辽军

## 四、金匮之盟

的中军里。

潘美见此状大喝道:"杀得好!"随即传令部下,"救我杨将军,活捉萧咄李!"

三军将士听罢,摩拳擦掌,激昂愤慨。只见雁门关突然打开,从城中如洪水般冲出一队人马,冲散辽军。两军人马混乱中厮杀起来。

那萧咄李还在攻城,不料宋军居然敢从城中杀出,前军毫无准备,迅速被突破,溃不成军。回头一看,后方大军也已经死伤惨重,慌忙下令撤退。

杨业却已经直奔中军指挥车而来。萧咄李看见杨业,大惊失色。

只见杨业弃马一纵,飞身上了萧咄李的战车。长刀直劈落左边侍卫,刀子深入骨髓拔不出来。右边的侍卫举刀来刺,杨业飞身从腰间取出一把匕首,刺入侍卫胸膛。

萧咄李已经惊得说不出话来,看着杨业,嘴里哆嗦着。杨业道:"杨某早就告知你莫要枉送了性命。不听吾言,今日休怪我不留情面。"说完,杨业将刀拔出,一刀劈了下去,萧咄李人头滚落,眼睛还睁着。

辽军见主帅已死,扔掉大旗,纷纷溃逃。潘美和杨业追出数十里,相偕而归。

战罢,雁门关内大摆庆功宴。

"这次多亏潘将军及时出兵,挽救杨业于危难当中。杨业拜谢！"

"杨将军说的哪里话，你献计出奇兵攻辽军后翼，方有前后夹击之势。此役功劳全在杨将军啊！"

两人举杯痛饮，众将好不欢喜！战后，杨业与潘美驻扎在代州一带，两人时常把酒言欢，谈论战法及如何应对辽军的骑兵，有时争得面红耳赤，有时又相视一笑，终生引为知己。

赵光义得知雁门关大捷，欣喜若狂，犒赏三军，加封杨业与潘美。辽军两次出兵，尝尽苦头，丢了驸马爷和大将军，再也不敢议取中原，宋辽双方进入短暂的休战期。

## 2. 明争暗斗

时光飞逝，转眼已是太平兴国六年(981)。

四月的京城春风和煦。闲来无事，人们便喜欢坐在酒肆里，三五成群，聊天说笑，奇闻轶事，无所不谈。

汴梁人士，个个能说会道，上至国家大事，下至寻常是非。游走在茶馆酒肆当中，若无几个新鲜的段子，最好别提自己是京城人，免得辱没了"天子脚下"这个名号！

自从开宝六年(973)八月被罢相以来，赵普便一直待在河阳。这日赵普在外喝酒，恰好坐在他对面的是出身洛阳豪门大族的妹夫侯仁宝。自从赵普失意之后，卢多逊权倾一时，处处给侯仁宝穿小鞋，将他贬去邕州。邕州乃蛮荒之地，生活条件极其恶劣，过惯了豪门贵族生活的侯仁宝无时无刻不想回到京城。

太平兴国五年(980)七月，赵光义任命侯仁宝为邕州军队主

## 四、金匮之盟

将,任交州路水陆转运使,负责交战区的后勤保障。

妹夫侯仁宝乃一介文人,从未上过战场,岂会领兵打仗? 思及此处,赵普不禁长叹一声。"卢多逊!"赵普咬牙切齿地默念这个名字,不知不觉便握紧拳头。赵普心想:当年我于雪中定策,先南后北,打下大宋江山之时,他卢多逊还只不过是一名小小的知制诰,可如今,这个曾经不起眼的知制诰竟敢在我头上耀武扬威!

过了一会儿,赵普松开紧握的拳头,自己现在是一介无职无权的太子太保,如何与当朝宰相抗衡? 正无奈感叹之时,忽听得酒肆中的客人争吵起来。赵普闻之忽然心中一动,原来他们竟然在议论杜太后的临终遗言之事!

这几位客人分宾主落座。主客穿一件黑布衣,宾客多着青麻粗布。左手边的这位宾客便对其他人说道:"前些日子我得知一个秘密,你们可愿意听来?"

那主客便说:"什么秘密,卖什么关子?"

"我若讲出来,你这酒可管饱?"

"你若讲得好,管你三顿。"

"好,一言而定。话说当年太祖生母杜太后患病,太祖不离左右,亲侍汤药,然杜太后病情终究未好转。自知大限将至的杜太后召太祖与赵普入宫,命赵普草拟遗旨。"

赵普听到这里,这些人竟然讲的是自己,且再听下去吧。

那宾客喝了半杯酒,继续说道:"杜太后当时便问太祖:'汝可知何以得天下?'太祖至孝,见母亲病危,啜泣不断,无法应答。杜太后再问,太祖才止泪答道:'儿臣得天下,乃受父母之庇荫。'你们可知杜太后如何说?"

其他客人都催促他道:"你就别卖关子了。杜太后到底如何说?"

那宾客继续说道:"杜太后闻之,一直摇头,对太祖说:'不然,汝所以得天下,乃因后周皇帝年幼。假使后周有年长之君,汝何以得天下?切记,汝若驾崩,须将帝位传于汝弟,复传之光美,后传之德昭。由年长之君治理天下,方为社稷之福。'太祖乃是至孝之人,便回话杜太后:'母后有命,不敢不从。'杜太后便命赵相将顾命之言记成誓书,并藏于金匮之中。"

赵普无奈,果然市井之言不足为信。突然,赵普又大喜,大喝三杯扬长而去。

客人和酒保都觉得这老头真是疯疯癫癫的。

赵普出门之后,一路在想:客人所争者,无非此事真假。有言此事为真者,杜太后去世两个月后,宋太祖任命弟弟赵光义为开封府尹、同平章事便是明证;有言太祖驾崩已然成谜,此事不可信;亦有言杜太后遗言为真,然所谓誓书藏于金匮之说不可信。

赵普又想到当日杜太后确有遗言,但顾命之事却无,金匮之事更是子虚乌有。然而当日又确实只有太后、太祖与他三人,为何不借这金匮之事再起,以报这口怨气?赵普便在心中谋划他的大事。他要做的第一件事,就是装醉,醉得一塌糊涂,醉得丑态百出。

近日赵普家中气氛非常压抑,只是因为赵普妹夫侯仁宝惨死

## 四、金匮之盟

交州。任凭这院子里花红柳绿,赵夫人坐于院中,也无心欣赏。刚刚家仆回报,老爷尚未归家,她有些担心。虽然赵普并未对她明言,但她亦猜得出,侯仁宝是被人害死的。赵普行事果断,在朝中难免树下政敌,自从被罢相之后,那些政敌便不安分起来。

"夫人,老爷回府!"

听到仆人禀告,赵夫人连忙出去迎接。赵普脚步踉跄,满身酒气,见到夫人,嬉皮笑脸,耍起酒疯。赵夫人见之,心内不禁又生忧虑。她命仆人将赵普扶到房间休息,望着赵普满鬓华发,赵夫人不禁潸然泪下。太祖在世之时,他竭力反对太祖将帝位传于弟弟。可结果呢?赵光义贵为天子,他这一朝宰相却成了无职无权的太子太保。她只是希望家人平安康泰,现在却已成奢望。

与沉闷的赵府相比,宰相卢多逊的府中则喜气洋洋。其实,卢多逊并没有什么特别的喜事,只是刚刚得到消息,赵普伤心妹夫侯仁宝之死,在酒肆中喝多了耍酒疯!卢多逊想象赵普悲痛的神色,他就高兴。一想到自己初为知制诰时,赵普对自己的打压与鄙夷,卢多逊就满心愤恨。

"老爷!"管家来到卢多逊面前,小心唤道。

卢多逊恍然回神,眉头微皱,道:"何事?"

"老爷,"管家凑到卢多逊耳边,小声道,"赵廷美府来信,王爷邀您今夜过府一叙。"

卢多逊淡淡一笑,随即敛容,赵廷美有约,会是何事呢?但他也没有理由拒绝,便吩咐下人:"告知赵廷美,吾会赴约。此事莫要声张,知否?"

管家低眉眯眼道:"老爷且安心,小人明白!"

当今皇上忌讳诸位大臣与赵廷美相交往,这赵廷美怎么会突然找他呢?夜晚,卢多逊赴约路上一直在想这件事。

赵廷美府内灯火通明,他走到窗边,深吸一口气,窗外的花香不知何时飘进屋子,清新怡人。他难得有今日的轻松。太平兴国四年(979),赵德昭自刎而亡,前不久,赵德芳又突然暴病而逝,自己虽贵为开封府尹,然而个中的惊悸与凄凉,谁人又知?

"启禀王爷,卢相已到!"

赵廷美见了卢多逊,和颜悦色甚至有些卑躬地说:"卢相啊,可算把您盼来了!"

"不知魏王找我何事?"

"无事,我想和您叙叙旧。"

卢多逊见赵廷美不肯说实话,心里一直在打鼓。陪着赵廷美下了一盘棋,听了一首曲,可心思完全不在此。

正在享用晚宴的时候,赵廷美传唤下人:"来人,将我那翡翠盏拿来呈于卢相观赏。"

赵廷美对卢多逊说:"此盏乃是我从胡商手中购得,是一块和田翡翠。那胡商开价颇高,不过我十分喜欢就买下了,你且看看我有没有上当?"

卢多逊拿在手里来回把玩,不住地点头说:"真是奇宝啊,天下奇宝啊!"

赵廷美突然对他说:"卢相要是喜欢的话,我将它送于卢相便

## 四、金匮之盟

是了。"

"微臣不敢收下。"

"卢相说的哪里话。要没有卢相这几年的周旋,我赵廷美说不定早已人头落地。"

卢多逊说:"鞠躬尽瘁,这都是微臣该做的。"

"卢相,吾观当今朝廷,就你一人可以保吾性命。我不求建功,只求平安了此残生,足矣!"

卢多逊很喜欢那翡翠盏,不舍放手,道:"魏王莫忧,微臣愿以命相抵辅助您!"

"有卢相这话,吾再无忧虑也!"

"魏王宽心,你我合当共保!"

两人寒暄客套一阵,卢多逊便抱着那翡翠盏回去了。

是年九月,本来门可罗雀的赵普府上突然变得热闹非凡,拜会之人络绎不绝。这段时间,赵夫人每天都笑得合不拢嘴,因为远在潭州的儿子赵承宗回京了,而且赵承宗将奉旨迎娶燕国长公主之女——当今皇帝的亲外甥女。赵承宗既与皇家结亲,必定会留京,不必去山高水远之地。赵普也很高兴,皇帝赐婚赵承宗,那么君臣二人之间的僵硬关系便可得以缓解。

喜事盈门,赵府前几月的阴霾气氛一扫而光。全府上下,从赵普夫妇到丫鬟仆役都兴高采烈地筹备婚事。这几年,他们在外受够了白眼与冷遇,这下可以抬头了。

然而,大婚后赵府的生活并未像赵府上下所期待的那般。赵承宗婚后不足一月,卢多逊便上奏皇帝,要让赵承宗离京归任。消息传来,赵府再次陷入一片阴霾,赵夫人又开始郁郁寡欢了,赵普更是难咽这口恶气。

这卢多逊三番五次在皇帝面前进谗言诋毁自己,才得以迅速高升,以至于坐上这当朝宰相的位子。想到这里,赵普不禁觉得自己全身的血管都紧绷起来。遭贬之祸,妹夫曝尸荒野,现在又轮到自己儿子。想当年与太祖打江山时,何其风光,叱咤风云半辈子,如今岂能栽于小人之手?

"卢多逊小儿,汝欺人太甚!是可忍孰不可忍!"赵普拍案而起,怒声喝道。侍立一旁的管家吓了一跳。

## 3. 秘密金匮

太平兴国六年(981)九月的一个晚上,赵光义正在崇政殿批阅奏折,忽记起翰林司柴禹锡今夜当值,便让王临机召他进宫。

柴禹锡自少年时起,便博览历代史书,赵光义居于赵廷美府时,他因善于应对而被皇帝重用,皇帝对其深信之。身为帝王,不能随意出宫,赵光义又特别想了解宫外之事,便常常召见柴禹锡,询问外事。

柴禹锡跟在王临机身后,缓缓向崇政殿走去。今夜他已在翰林院等候多时,以为皇帝今夜不会召见自己,他多少有些意兴阑珊。不过,见到王临机前来,他的不快便一扫而光,因为今夜他有件大事要禀告皇帝。

君臣见礼已毕,皇帝尚未询问,柴禹锡便立即拜倒于地,道:

## 四、金匮之盟

"陛下,臣有要事禀报!"

赵光义愣怔片刻,见柴禹锡面色肃然,便道:"爱卿请讲!"

"陛下,臣观开封府尹赵廷美行事骄恣,想必将有阴谋窃发。"柴禹锡慷慨激昂。

事出突然,赵光义有些猝不及防,道:"爱卿之意……"

柴禹锡见皇帝满腹狐疑,便斩钉截铁地说道:"陛下,魏王恐或谋反,望陛下防患于未然!"

柴禹锡语气虽斩钉截铁,然其所说并无真凭实据,赵光义一时也不好定夺。不过,但凡危及帝位之事,即使是捕风捉影,他也要深究到底,况且他本就对赵廷美心生忌惮。赵光义深觉自己需要找人商议此事,一时却不知该找何人。他望了一眼一脸忠义的柴禹锡,淡淡笑道:"此事朕已知,有劳爱卿,汝且先退下。"

柴禹锡领命而去,赵光义不禁陷入沉思之中。太祖之子赵德昭、赵德芳皆已逝,若是自己打算将帝位传于儿子,弟弟赵廷美便是他唯一的威胁。此时柴禹锡告发他意欲谋反,若有真凭实据的话,一定要除去这个眼中钉。

两个月前,为挽回高梁河战败的颜面,赵光义给当年号称海东盛国却被耶律阿保机所灭的渤海国王下诏,约定与之合兵伐辽,并承诺成功之后,燕云故土由大宋收回,而漠北草原大地则可尽归渤海国所有。此次远交近攻之术在大宋历史上可谓史无前例。然而令人难堪的是,赵光义并未得到渤海国的任何回应。内外交困,他深觉自己所面临的危机越来越严重。

外困须徐徐图之,当务之急,他需要一个人帮自己解决内困,一个足以为自己正名之人。赵光义思前想后,最后只能想到一个人——赵普。当年杜太后临终之前有过顾命之言,赵普为当事人之一。登基之前,赵普曾竭力反对太祖将帝位传给自己。如若赵普能站出来替自己说话,天下还会有谁质疑自己?然而赵普之前极力反对自己登基,此番是否愿意帮助自己就很难说。

前往崇政殿的路上,赵普有些兴奋,亦有些犹豫。许久未曾召见自己的皇帝竟然宣自己入宫,这让赵普隐约看到一丝希望。以他多年的从政经验,可以隐隐感到皇帝为何召见自己,倘若如自己所料,那么他苦苦等待的机会终于来了。"卢多逊,老夫定会以牙还牙,以眼还眼!"赵普在心里想着,转眼之间已经到了殿前。

赵光义见赵普前来,便开门见山,将柴禹锡所奏之事告诉赵普。言罢,他试探地问道:"爱卿以为赵廷美谋反与否?"

赵光义不拐弯抹角,赵普便也主动道:"启禀陛下,吾欲居朝中枢纽,以观其是否谋叛。"

赵光义心中一惊,想过赵普有答应自己的可能,但不想赵普如此直接地提出条件。如此也好,赵普既有需要,方才可为自己所用。心念至此,他淡淡笑道:"爱卿愿助朕一臂之力?"

赵普见皇帝有此言,心知事成八九,便提出第二个条件:"臣欲贬黜佞幸,还望陛下恩准!"

"不知赵太保所言的奸佞,是指何人?"

"参知政事卢多逊。此人与赵廷美有染,既然赵廷美有谋逆之嫌,此人也脱不了干系。"

## 四、金匮之盟

赵光义闻言,心里暗自揣测赵普所言。赵普提出两个条件,一者重回宰相之位,无妨,他本就有宰相之才,只要他肯忠心于自己,重回朝堂后自己岂非如虎添翼?二者贬黜佞幸,所谓贬黜佞幸,无非是要除掉卢多逊。比起自己的名誉与江山,牺牲一个卢多逊不算什么。

赵普既已提出条件,接下来就看他是否忠于自己了。赵光义思至此,随即问道:"人谁无死,爱卿以为,若朕百年之后,皇位该传于何人?"

赵光义此言可谓司马昭之心,既已封赵廷美为开封府尹,即等于昭告天下赵廷美乃太子,此刻却如此问赵普,无非想将皇位传给自己儿子。

赵普当然知晓他的用意,且他历来主张皇位传子不传弟,当即肯定道:"先帝若听臣言,则今日不睹圣明。先帝已误,陛下不得再误!"

赵光义闻言心中大喜,不禁连连点头。不愧是赵普,竟能说出如此合情之理由!赵普若复相,帝位传承危机定然将迅速化解。

从皇宫中出来的赵普,一扫前日的阴霾,心情如拨云见日般明朗,终于可以和卢多逊清算这笔老账了。

虽然皇帝没有明言,但君臣二人心里皆明镜一般。他所问赵廷美之事,需要的便是赵普的态度。既然自己也已表明心迹,接下来便要行动起来。赵光义此时最头疼何事,为何偏偏此时要问计于自己,赵普心里自然非常清楚。

回到家中,赵普即刻进入书房撰写奏疏。他想起了五个月前

## 第三卷　幽云长歌

在酒肆之中听到的关于杜太后遗言的争论。当时有酒客称杜太后命自己将太祖之言记录成誓,藏于金匮之中。可信与否,皆是民议。既为民议,便不得不重视。思及至此,赵普淡淡一笑,拿起一条绢,提笔写下了几行字。写完之后,赵普再细细揣摩,随后满意地点点头。他将这条绢小心翼翼地卷起来,放入早已准备好的金匮之中,并且用精致的锁锁上。

赵夫人得到仆人回报,称老爷自宫中归来便进入书房,闷头不作声。赵府接连出事,赵夫人此刻已草木皆兵,闻言更是担忧不已,思虑良久,决定去书房查看情况。赵夫人在窗外看到赵普连连点头微笑,不禁一愣,难道是老爷又犯癫狂了?

"老爷,何喜之有?"赵夫人一边走进书房,一边笑道。

赵普闻言合上奏疏,想起连日来夫人的担忧难过,便笑着安慰道:"自今日起,夫人再也无须担惊受怕了。"

赵夫人问:"老爷何出此言?难道老爷忘了那卢多逊的处处刁难?"

"明日便叫他再也笑不出来!"

"老爷今日面见圣上,圣上难道要重新起用老爷?"

"夫人知我。"

赵夫人听到此处,也是十分欢喜。若赵普重返朝堂,便不敢有人再欺辱赵家。然而赵夫人心中又生出另外一个忧虑,自古以来,伴君如伴虎,老爷复出,从此以后,便真的可以万事无忧了吗?

第二日早朝,众臣列席,赵普向皇帝奏道:"启禀陛下,太后仙

## 四、金匮之盟

逝之前,曾诏臣入宫草拟遗旨,时太祖答应自己百年之后将帝位传于陛下。太后命臣将其言记为誓书,书末署太后、太祖皇帝与臣三人之名,藏于金匮之中。陛下可于宫中内院仔细寻找此金匮,昭告天下。"

众臣都面面相觑,此事倒是闻所未闻!

赵光义派宫人于内院之中仔细查找,最终找出了那个金匮,不错,正是赵普在书房之中锁起来的那只金匮。他命宫人打开,并令王临机宣读给众人:

"……切记,汝所以得天下,乃因后周子幼母弱。假使后周有年长之君,汝何以得天下?切记,汝若驾崩,须将帝位传于汝弟光义,复传之光美,后传之德昭。由年长之君治理天下,方为社稷之福……"

众臣听罢,心中实有千重疑惑,却无一人敢于提出来。现在赵普以旧相的身份将这金匮之事提出来,杜太后的顾命之言、太祖的遗愿都无可辩驳。

众臣都不约而同道:"陛下今日摄览天下,乃是我大宋的洪福!吾皇万岁万岁万万岁!"

赵光义道:"赵太保提点金匮之事,有功于我大宋朝纲,今朕加封你为司徒兼侍中,位列宰相。"

就这样,太平兴国六年(981)九月十七日,赵普重回宰相之位。

翌日,赵普复相之后,以宰相身份上朝议事。一朝为相,百官对待赵普的态度截然不同,趋炎附势者比比皆是,心惊胆战者亦有之,卢多逊虽不至于心惊胆战,但心中已开始感到不安。

叱咤风云,寂寞潦倒,所谓世态炎凉。对于百官待自己的态度,赵普心中更多的是玩味。他缓缓迈进垂拱殿,向宰相的列班之位走去,宛若一头重回领地的猛兽,威严地巡视自己的领地。与赵廷美及宰相沈义伦打过招呼,赵普不屑地扫了一眼卢多逊,向自己的位置走去。

赵廷美位列宰相之上,每朝列班,皆为御座之下第一人。然而今日皇帝进殿议事,赵廷美便首先向他提出,赵普身为国之重臣,又是老宰相,理应站在他前面。

此话一出,朝臣皆议论纷纷,尤其是卢多逊。赵普才刚刚复相,赵廷美便如此示弱。赵廷美上朝之位乃皇帝钦赐,为尹京亲王之特权,如此荒唐的要求,皇帝肯定不会答应,纵使他答应了,赵普也未必敢受!

赵光义看着众臣反应,过了半晌才问赵普:"爱卿意下如何?"

赵普略作沉思,遂笑道:"臣谢过陛下!"

百官哗然,卢多逊心中更是一惊,额前不禁渗出一层冷汗。赵普已经位列赵廷美之上了,莫不如主动辞官,以避其锋芒? 不,此举绝对不可取,卢多逊小心经营,殚精竭虑才有今天的地位,岂可因赵普复相便屈身而退? 况且,自己也是堂堂当朝宰相,赵普才不能把自己怎么样,若是自己辞官,无职无权,那样的后果才不堪设想!

## 4. 计设廷美

转眼已是太平兴国七年(982)二月底,这天晚上,翰林司柴禹锡又前往崇政殿。

## 四、金匮之盟

崇政殿中,赵光义心绪烦乱地拿起一份奏疏,随意看两眼又放下。赵普提出的金匮之盟虽然解了燃眉之急,然而却带来一个新的问题:按照金匮之盟所记,他日自己驾崩之后,帝位便必须传给弟弟赵廷美。此意与他登基之后让赵廷美以亲王身份尹京的做法是相符的,却与他的初衷相反。他的初衷是稳固自己的皇位,并合理地传位于儿子,岂会传给赵廷美?赵普不愧为一代名臣,针对皇帝所忧,他再次向皇帝献出一计。

明日便是三月初一,是水心殿落成之日,赵光义要去水心殿检阅水军。但是,检阅水军只是名义上的,其实,他另有一件谋划已久的大事要办!心念至此,他不禁握紧拳头,明日之事虽无危险,但亦只准胜不准败!刚才他遣人去召柴禹锡,此时还不见他到来,赵光义便有些坐不住。他正欲让王临机去看看,小太监已匆匆赶回:"启禀陛下,翰林司柴禹锡殿外候旨!"赵光义心中长舒一口气,明日之事,非此人助力不可。他见到柴禹锡后,又是一次密谈。

翌日,赵光义的銮驾浩浩荡荡前往水心殿。他端坐于銮驾之上,庄严地扫视着自己的子民,百姓俯首叩拜。九五之尊,帝王荣耀感,赵光义心思转动间,銮驾已至顺天门。望着苍劲有力的"顺天门"三个大字,听到銮驾之后愈来愈近的马蹄之声,他面露微笑,知道自己该折返回宫了。柴禹锡御马疾驰而来,丝毫不顾快马冲撞了銮驾。他翻身下马,跪地高声奏道:"陛下,臣有要事禀报!"

赵光义早已收敛笑意,此刻眉头紧皱,厉声道:"何事如此惊慌?"

"陛下恕罪,臣等获悉魏王欲于水心殿谋杀陛下,还请陛下火速回宫!"柴禹锡奏道。

此语一出,众人皆惊。

赵光义面色一凛,道:"此话当真?"

"千真万确!"柴禹锡肯定地说,"臣愿以项上人头担保!魏王在水心殿布局,以行谋逆!"

赵光义闻言,顿时大怒,急命銮驾返回宫中并宣赵廷美回宫面圣。

赵廷美来到朝上,问:"陛下,臣弟在水心殿静候陛下,不知陛下何故宣臣弟回宫?"

"魏王水军操练得如何?"赵光义说罢,变了脸色。

赵廷美不知其意,慌张失措地说:"臣等正尽心竭力为陛下操练水军。"

"大胆赵廷美,还在这里做戏。你在水心殿设下埋伏,意欲刺杀朕,你以为朕不知?"

赵廷美一下子跪倒在地,大喊:"陛下,绝无此事!"

"你还狡辩。宣柴禹锡!"

柴禹锡进宫之后,赵光义道:"柴大人且从头讲来,莫要畏惧任何权贵!"

柴禹锡道:"我昨日巡视水心殿,见赵廷美在水心殿四周对侍卫窃窃私语,于陛下不利。"

赵廷美慌忙回道:"那是臣弟在部署侍卫,保卫陛下安全!"

"大胆赵廷美,你贵为皇室子弟,岂不知将帅不得私会帝之近侍吗?"

## 四、金匮之盟

赵廷美百口莫辩，只能一再道："冤枉啊陛下，臣弟只是担心陛下的安危啊！"

赵光义手一挥，决心彻查此事，之后便以"犯上作乱，蓄意谋杀，抢班夺权"之罪，罢免魏王赵廷美开封府尹之职，改授西京留守。

三月十五日，赵光义命李符代理开封府事务。百官闻之，无一人敢为赵廷美求情，昔日在赵廷美面前信誓旦旦的卢多逊现在只能明哲保身。倒是赵光义的长子赵元佐四处奔波，为叔叔赵廷美求情，却最终被赵光义怒斥而归。赵廷美已被罢免，赵光义开始大肆打压与赵廷美结交之人，枢密都承旨陈从信、都虞候范廷召等人皆因此被贬责，甚至有被削籍流海岛者。

四月初一，金明池对面的琼林苑。枢密使曹彬奉旨于琼林苑设宴，为即将离开京城的赵廷美饯行。曹彬自太祖时期便担任枢密院使至今，为人忠厚，此番为赵廷美饯行之差事，他实在不想接受，奈何皇命难违，便最终只能来此地设宴。

正是四月，莺歌燕舞，花红柳绿，宴会之上更是丝竹悦耳，歌舞翩翩。然而此时的赵廷美却宛若置身数九寒天之中，对眼前的莺歌燕舞恍若未闻。连饮数杯，赵廷美却依然不知酒中滋味如何。"意欲谋反？"赵廷美冷笑一声，太祖的儿子赵德昭、赵德芳皆以身死，他身为亲王尹京，乃天下所知的继承人，为何要谋反？什么金匮之盟，传位于弟，笑话！封赏自己以亲王尹京，无非欲盖弥彰之举！

曹彬见赵廷美神思恍惚，表情多变，随即举杯笑道："魏王此番西去,还望多加珍重!"

"珍重?"赵廷美一声冷笑。

自从德昭、德芳死后,赵廷美向来谨言慎行、谨小慎微,赵普复相之后,他自愿申请位居其下便是明证。然此刻被贬西京,赵廷美也不甚在意了。赵廷美看也不看曹彬,举杯一饮而尽。曹彬尴尬一笑,亦将杯中酒饮尽。

赵廷美把玩着酒杯望向曹彬,忽然问道:"曹大人,汝身为枢密使、先帝忠臣,请问曹大人,本王谋反与否?"

曹彬当即一愣,握杯的手不禁微微一颤,随即叹息一声,敛容道:"京城是非地,魏王此去洛阳,有何不好?"

"有何不好?"赵廷美自言自语道,放下酒杯,起身大笑道,"曹大人一番美意,本王心领!"

离开琼林苑,赵廷美望一眼对面的水心殿,自嘲一笑,驾马西行。

赵廷美之事后,往日与其有交往之人皆胆战不安,生怕自己被告发与赵廷美有染。这几日卢多逊心中甚为不安,虽然自己与魏王交往非常隐秘,然而隔墙有耳,这世上从来就不乏有心之人。想到有心之人,卢多逊的脑中忽然冒出赵普的名字,不禁冷汗涔涔。

赵廷美离开汴梁第六日,是日早朝,赵光义与百官议事已毕,正欲散朝,赵普却忽然上前奏道:"陛下,臣有本要奏,宰相卢多逊与赵廷美结党营私,意欲谋反,望陛下明察!"

卢多逊闻言,当即"扑通"一声跪倒在地,战战兢兢连呼自己冤

## 四、金匮之盟

枉,请求皇帝为自己做主。百官噤声不敢言,但谁都心里清楚,不论卢多逊是否与赵廷美相交,赵普此举大有挟私报复之意。皇帝当即大怒,命人将卢多逊及其家人全部下狱彻查!

卢多逊趴在地上如烂泥一般,依然直呼自己冤枉。卢多逊偷眼观瞧赵普,赵普在斜眼看他,嘴角带着鄙夷的微笑。卢多逊顿时感觉那根刺仿佛又扎深了一些,当即悲愤不已。然陛下在上,自己已为戴罪之身,只能长叹一声,随即被拖出大殿。

赵普在狱卒的引领下,缓缓向狱中走去。狱中味道恶臭,赵普不禁连连皱眉。

卢多逊被关押三日,蓬头垢面,衣衫褴褛,臭气熏天,俨然一个令人不忍直视的阶下囚。卢多逊见赵普前来,惨笑一声,一口痰啐在了地上。赵普看到面色惨淡的卢多逊,微微一笑道:"卢大人安否?"

卢多逊恍然回神,肃容凛然道:"拜宰相大人所赐!不知宰相大人屈身来此,所为何事?"

赵普避而不答,只淡淡笑道:"'唯愿宫车早晏驾,尽心事大王',卢大人可听过此话?"

卢多逊心中一惊,当即脸色大变。此话乃自己说与魏王赵廷美所言私密话,赵普竟然知晓!看来,自己与魏王相交之罪证,已是铁证如山!而且,如此大逆不道之言,若是被皇帝得知,自己岂非要被诛斩九族?

卢多逊长叹一声,无力地问道:"卢某已身陷囹圄,宰相大人此番究竟意欲何为?"

## 第三卷　幽云长歌

"此番前来,乃为卢大人指点迷津。"赵普见卢多逊气势已败,胸有成竹道,"卢大人与赵廷美相交,证据确凿,迟迟不认罪,无非欲面见圣上,请求圣上宽恕。本官所言,卢大人以为如何?"

卢多逊不知赵普何意,遂愤愤道:"是又如何?"

赵普淡淡一笑,道:"本官此番复相,陛下曾允诺本官铲除奸佞,卢大人现在以为如何?"

卢多逊愣怔片刻,随即放声大笑,笑声愈渐悲凉和无奈。赵普话已至此,纵使自己并未与赵廷美相交,也难逃此劫。半晌之后,卢多逊收声敛容,问道:"宰相大人有话不妨直说。"

赵普则面色平静地望着卢多逊,道:"卢大人认罪画押,本官保大人全家平安,如何?"

说罢,赵普也不待卢多逊回答,便转身朝外面走去。监牢中的味道实在难闻,他一刻也不想再多待。至于答复,他相信卢多逊会给出让自己满意的答案。

复相之后忙于朝中大事,赵普已很少有闲暇来酒楼喝酒了。不过今日他依然坐在临街的座位上,旁边的酒客谈天说地,乐此不疲,外面的街道上熙熙攘攘,好不热闹。赵普静静地听着看着,不发一言。

热闹的街道忽然出现一队官兵,百姓纷纷避于两旁,官兵押送的是一身囚服的卢多逊及其家人。卢多逊因涉魏王赵廷美结党营私案,被捕入狱,证据确凿,其亦供认不讳。皇帝大怒,初判卢多逊死刑,并欲诛斩其九族。然皇帝念其曾有功于朝廷,便只削夺其官职及三代封赠,举家发配崖州,遇赦不赦。后赵普进言将卢多逊改

## 四、金匮之盟

徙春州,皇帝也默许了。赵普想的是:崖州虽远在海中,而水土颇善;春州稍近,却瘴气甚毒,至者必死。斩草须除根,他不会给卢多逊一丝机会。

望着卢多逊渐渐远离皇宫,赵普心中忽然升起几分寥落之感。终于扳倒卢多逊,他着实高兴了几天,可是今日,看到卢多逊的样子,赵普却蓦然有了些许担忧。自己现在身为独相,权倾朝野,显赫不凡,却也危机重重。赵廷美走了,卢多逊走了,当今陛下意欲巩固自己的帝位,接下来是否便是自己呢?伴君如伴虎,思及此,赵普也感到自危。

太平兴国七年(982),曾多次打压赵普的卢多逊被流放崖州,雍熙二年(985),卒于崖州水南村寓所,时年五十二岁。

### 5. 元佐发狂

太平兴国七年(982)五月十三日,排除赵廷美后,赵光义又遇到了一件天大的喜事。党项族首领夏州刺史李继捧带着亲眷迁居汴梁,而且上表献地,将党项人世代居住二百余年的夏州之地献给皇帝。赵光义大喜过望,自己不费一兵一卒便夺得夏州。

李继捧进京的欢迎仪式隆重而盛大,汴梁百姓夹道欢迎,赵光义设宴长春殿为其接风。不仅百官道贺,赵光义还特命自己的五个儿子全部到场,以示皇恩浩荡。

长春殿歌舞翩翩,丝竹悦耳,赵光义喜不自胜,与臣子把酒言欢,谈笑风生。西夏归附,赵廷美亦被贬去西京,再也无法威胁自己的帝位,眼下要考虑如何将自己的儿子提到开封府尹的位置上。

## 第三卷 幽云长歌

赵普所言极是,他的帝位必须传给自己的儿子。思及此,赵光义忽然意识到,自己好像没有在宴会上看到他平日里最喜爱的长子赵元佐。赵光义询问王临机元佐在何处,听到元佐称病未到,他不禁心头一阵恼怒。

前些日子元佐为赵廷美求情,赵光义怒斥他不知轻重,并告知他若胆敢再为赵廷美求情,将和赵廷美下场一样,元佐悻悻而归。自那以后,元佐性情大变,狂躁嗜杀,府中仆役人人自危。

"啪"的一声,赵元佐将侍女端来的热茶摔到地上,碎瓷片、茶叶、滚烫的茶水溅到侍女的脚上、衣袖上,侍女战战兢兢跪在地上,连连磕头求饶。赵元佐却恶毒地一笑,抽出匕首向侍女走去。阴毒的笑自赵元佐嘴角蔓延开去,闪光的白刃刺中侍女的胸口,侍女应声而倒,鲜红的血迅速流出,浸透了衣衫。

赵元佐起身,一脚踹开侍女,取下墙上的弓箭,大步走出房门。几个杂役正在院中打扫,他们一边打扫,一边小声说笑,不时也大笑两声。赵元佐望着杂役们,心中涌上无尽的愤怒。皇叔被父皇罢免开封府尹,贬出京城,这些杂役竟还有心思说笑?赵元佐嘴角微扬,张弓搭箭,瞄准了一个杂役。

赵普,那个杂役在一瞬间变成了赵普,赵元佐怒火中烧。他的手因为激动而微微颤抖,他稳稳心神,告诉自己不能慌,必须准确地将此箭射出,才能为叔叔报仇!

被当作赵普的杂役忽然用余光瞥见赵元佐张弓欲射,惊慌地大叫一声,正要逃跑,利箭带着呼啸的破风声,从他的身体穿透。

## 四、金匮之盟

其他杂役见状纷纷落荒而逃，赵元佐冷哼一声，搭弓射箭，对准了下一人，一箭射去又应声倒下！赵元佐仰天大笑，随即张弓搭箭，朝一个被绊倒的侍女射去，又闻一声惨叫。

这时，李皇后赶到赵元佐府中。原来她听到赵元佐又在杀人的消息后，立即赶来。

"本宫的佐儿呢？本宫的佐儿呢？"

皇后进了后花园，眼见赵元佐要射杀仆人，大喊一声："佐儿！"

赵元佐似乎刚刚从梦中惊醒一般："母后！"这才将手中的弓箭扔下。

"母后，你怎么来了？"

李皇后拉着赵元佐的手："佐儿，你看看你到底做了些什么啊？"

"母后勿惊，儿臣要让这些贱奴才看看，嘲笑我皇叔的下场……"

不久，皇帝长子赵元佐发狂的消息便在京城传开，赵光义极为伤心，那可是他最爱的儿子。这一切都是因为赵廷美！于是，太平兴国七年(982)五月二十日，赵光义又将魏王赵廷美降为涪陵县公，贬至房州。

既然元佐已疯，赵光义便封次子赵元僖为王，任同平章事，到中书省参与政事。不久，宋琪与李昉被任命为参知政事。至此，大宋朝堂形成三相两参局面，赵光义对朝局的大力调整就此开始。

这一日上朝，赵普去得稍早了一些，恰巧遇到同样早到的枢密使曹彬。此前，柴禹锡因揭发赵廷美谋反有功，被授予枢密副使一职。赵普看到曹彬，忽然想到自己的处境与曹彬非常相似，不免心中感慨。中书省和枢密院中，除他与曹彬二人为太祖时期的老人外，余者皆是赵光义的人。赵普自然清楚，所谓三相两参格局，只是皇帝为分他赵普之权而已。身为元宰，国之大事不得不管，想到此前皇帝接纳西夏献地之事，赵普缓步走向曹彬。

二人寒暄几句，赵普问曹彬道："不知近日，夏州安宁与否？"

"此前李继捧奉命进京之时，尹宪亦奉命率重兵前往夏州，暂时无大事。"曹彬淡淡笑道，眉宇间却似有隐隐的担忧。

赵普察之，问道："曹公所虑何事？"

曹彬闻言，随即敛容道："宰相可听过夏州李继迁？"

赵普说："李继迁？早有耳闻。"

这李继迁的高祖父与刚刚进京的李继捧的高祖父乃亲兄弟，李继迁虽然年仅二十岁，却早已在夏州声名显赫，据说他生而有齿，十一岁时便一箭射中虎眼，十二岁时更是被当时的夏州统治者、定难军节度使李克睿任命为定难军管内都知蕃落使。曹彬忽然提及此人，莫非夏州出现变故？赵普连忙问道："夏州有事？"

曹彬道："前者陛下命党项各部首领皆携亲眷进京，李继迁不肯进京，亦不愿在夏州束手待毙，诈称乳母死亡，伪装成送葬队伍出城，逃往漠北方向。"

赵普长舒一口气，送葬队伍最多也就几十人，李继迁出逃定会聚集党项各部落反抗大宋，然党项乃游牧民族，各部落长期处于分散状态，一个年仅二十岁的李继迁难以将各部落召集起来。赵普

## 四、金匮之盟

安慰曹彬道:"曹公莫要担忧,黄口小儿,不足成事。"

"但愿如此。"随即曹彬与赵普一起进入殿中。

太平兴国八年(983)正月,一天早朝,镇州监军弥德超上疏状告枢密使曹彬,称:"曹彬秉政岁久,甚得众兵士之心;臣从塞上归来,曾听闻士卒言:'月头银乃曹公所致,若无曹公,我辈饿死矣。'"

大宋之所以建立,就是因为太祖当时手握重兵,在军中威信颇高。所以,赵光义最忌讳军中颇有威望的大将。因此,他为了收买人心,每月额外补给戍边军士的银两,即为月头银。赵光义此举乃是为了昭告士卒,这月头银乃是恩出于上。此时听弥德超如此说,他当即怒火中烧,厉声问道:"曹彬,可有此事?"

曹彬当即跪地而拜,道:"臣知错,望陛下恕罪!"

曹彬丝毫不辩解,倒使赵光义的怒火熄灭少许。当即长叹一声,道:"汝既已认罪,也罢,朕就免去汝枢密院使一职,出任天平军节度使。"

赵光义话音刚落,赵普便立即站出列班,道:"陛下,万万不可!曹彬忠心耿耿,若只因弥德超一面之词,便罢去枢密使一职,臣恐……"

"朕心意已决,"赵普话未说完,赵光义便凛然打断他道,"爱卿莫要多言!"

曹彬立即高声道:"臣谢陛下隆恩!"

赵普噤声,心绪复杂。皇帝为何要罢免曹彬,他岂会不知。所谓月头银者,无非借口而已。此番曹彬被罢去枢密使一职,赵光义定会让自己的心腹之人取而代之。此后,枢密院将再无太祖朝旧人。

曹彬被罢去枢密使之职,告状之人弥德超心中不禁得意。他状告曹彬,无非欲取而代之。弥德超心思转动间,忽听得皇帝高声道:"传朕旨意,东上阁门使王显为宣徽南院使,兼枢密副使。镇州监军弥德超为宣徽北院使,并兼枢密副使。"

枢密副使?弥德超当即一愣,自己冒天下之大不韪状告曹彬,最后却只得个枢密副使,而且还位居王显之后!弥德超纵使千般不满意,亦不敢发作,只好装出一副感恩戴德的样子,领旨谢恩。

朝堂之上领旨谢恩,散朝之后,弥德超愈想愈不痛快。自己辛辛苦苦,反倒为他人做嫁衣裳,何苦来哉!故此,弥德超在枢密院任职一月后,便经常称病告假,在家中喝闷酒。这一日,弥德超难得来枢密院点卯,见王显与柴禹锡正在商议西夏李继迁之事,便凑过去问他俩发生何事。

王显早已看弥德超不顺眼,冷言道:"弥大人告病家中,不敢以国事劳烦大人!"

弥德超脸色瞬间变得难看,思及自己此前的不公待遇,当即指着王显与柴禹锡大骂道:"吾言国家大事,有安社稷之功,然只得些许大官。汝等何人,反在吾之上!更令吾效汝辈所为,吾实耻之。汝辈当断头,吾睹圣上昏聩,为汝辈所眩惑。"

此话一出,王显与柴禹锡皆怒火中烧。此前赵廷美事件中,王显亦有参与,此番弥德超所言,分明在讥讽他俩陷害赵廷美之事。二人愤愤不平,越想越气,当即抓住弥德超侮辱皇帝之言,与宰相

## 四、金匮之盟

赵普一同状告弥德超。赵光义闻之大怒,下旨命膳部郎中滕中正审问弥德超。弥德超认罪伏法,赵光义夺其官职,并将其全家发配琼州禁锢。未过多久,弥德超身死。

此前,赵光义曾任命长子与次子为同平章事,入中书省参与政事,形成三相两参局面,掣肘赵普。太平兴国八年(982),赵光义再次下令,将自己的五个儿子全部封王,任同平章事并入中书省视事,时赵光义最小的儿子赵元杰仅有十三岁。至此,大宋朝堂迎来七相三参局面。

时光飞逝,四季流转,转眼便至初冬时节。太平兴国八年(982)十月,复相两年的赵普被罢去宰相之职,贬为武胜军节度使。一个月后,原参知政事宋琪、李昉两人皆任同平章事,宋琪为首相,吕蒙正、李至为参知政事。两日后,赵光义再次下诏,称宰相位列亲王之上。

太平兴国八年(982)十一月十六日,长春殿。殿外大雪纷纷,寒彻入骨,殿内却暖意融融,赵光义亲自设宴为赵普饯行。赵普虽然行事果断,然君臣二人心里皆清楚,赵普罢相,并非赵普做错何事,只因赵普乃太祖时期老臣,与此前曹彬被免并无二致。

赵光义嘱咐赵普此去应多加注意身体,并当场作诗留赠赵普。赵普手捧御诗,仔细品读,不禁感慨泪流,哭道:"陛下赐臣诗,当刻于石,与臣朽骨同葬泉下!"赵普一言论及生死,赵光义亦不禁眼眶湿润,赵普年迈,此番就任武胜军节度使,他甚至怀疑自己此生是否可以再见赵普。当下,君臣二人皆举杯而尽。

翌日,垂拱殿上,赵光义与百官议事已毕,忽然想起昨日为赵普饯行之事,不禁心绪难平,感慨道:"赵普有功于国家,朕与其自布衣知遇。今普齿发衰谢,朕不欲以庶务劳之,便择善地而处之。昨日长春殿设宴,朕赐诗以道其意,普感激泪下,朕亦为之堕泪。"

赵光义说罢,宰相宋琪当即站出班列,奏道:"陛下,昨日普至中书省辞行,与臣道及陛下之恩,且言此生余年,无以上报,唯愿来世,愿效犬马之力。今复闻陛下宣谕,君臣始终,可谓两全。"

宋琪言罢,赵光义深以为然,频频点头。望着满朝文武,他不禁心中快慰。赵普罢相之后,中书省的权力洗牌全部完成。至此,他终于排清内患,大权独揽。

## 五、陈抟谒见

### 1. 泰山封禅

雍熙元年(984)四月初八,垂拱殿上,赵光义威坐于龙椅之上,看着殿下的大臣,心中犹豫再三。

就在刚才,宰相宋琪请求皇帝封禅泰山。加上兖州七县百姓的两次请愿,这已是大宋臣民的第三次请愿。今天,宋琪与文武百官再次联名上表请求封禅。

封禅泰山,乃帝王权力神授之意,在文治方面赵光义便超过了太祖赵匡胤。继位以来,他一直想在文治武功各方面超越太祖,太祖打下大宋江山,建立不世之功,可多年前自己却在高梁河一战中惨败而归,留下难以抹去的耻辱。武功虽逊,倘若文治大兴,想必也无人再敢说自己不如太祖。封禅,必须封禅!想到此处,赵光义心中便波涛汹涌,激动难平。心念转动之间,他又意识到自己高兴得过早了,臣民请愿封禅泰山,自己似乎尚不够资格。封禅泰山意义重大,封禅大典乃历代帝王梦寐以求之事,但古往今来,封禅泰山的帝王却并不多见。因为封禅泰山的帝王必须满足三个条件：天下一统，国家兴盛，天降祥瑞。

念及此，他轻叹一声道："朕远未达到封禅之德，封禅泰山之事，诸位以后休要再提！"

"陛下文治武功，文德化成，祥瑞频现，足以封禅泰山！"宋琪第二次叩首道。

宋琪是赵光义在晋王府时期的旧臣了，其忠心可鉴日月。然而赵光义内心深感惭愧，思及自己的文德化成，取得帝位有谋兄之嫌，巩固帝位有冤逼之嫌，何以称得上文德化成？

心中已有定论，他正色道："朕何德何能，安能封禅泰山？"

"陛下！如今陛下盛德，四海盛世，天降盛瑞，三盛齐聚，陛下何以不敢封禅泰山？陛下今天若是不答应，臣等便长跪不起！"宋琪回禀道。

赵光义略显难色，道："既然诸位多次请愿，若举行封禅大典能满足尔等的心愿，能向上苍为天下百姓祈福，朕愿意为天下百姓做此事！好，朕今日就此宣布，封禅泰山，登封告祭，刻石记功，彰显我大宋盛世之风！诸位爱卿，平身吧。"

听到此言，代表群臣连续三次请愿的宋琪的心终于放下。他长长地舒了一口气，以手撑地，缓缓起身。

封禅泰山之事就此敲定。下朝之后，赵光义心情愉悦，到文明殿休息。王公公端上茶，赵光义用茶盖轻轻拨开水面上的茶叶，轻

## 五、陈抟谒见

吹几口气,低头啜一口,茶香醇厚,齿颊留香,沁人心脾。

王公公笑道:"恭喜陛下,贺喜陛下,陛下封禅泰山,建不世之业,真乃万世楷模。"

赵光义虽心知此乃阿谀之言,但也感慨道:"朕为天下万民尽心劳力,鞠躬尽瘁,如今海内升平,万民安泰,朕心大慰啊!封禅泰山,乃百姓所愿,百官所请,朕为难应之,意在为万民祈福。如此造福万民之事,若是……"

言至于此,他忽然想起召请华山陈抟老祖之事。如此盛世之举,若是陈抟老祖能出山入宫,岂不是喜上加喜?自己大兴文治,陈抟乃天下罕见之英才,蜚声海内,若是他能入朝为我所用,还愁天下之才不尽归朝廷?今年初春时节,自己曾派陈宗颜携诏书与御诗,赴华山请出陈抟,至今未归,不知情况如何。

时隔旬月,诗中字句,依然历历在目。

华岳多闻说,知君是姓陈。
云间三岛客,物外一闲人。
丹鼎为活计,青山作近邻。
朕思亲欲往,社稷去无因。

"朕思亲欲往,社稷去无因。"赵光义暗思不语,心中感叹一声,突然听到太监通报:"启禀陛下,陈宗颜自华山归来,现在殿外求见。"

"快传!"他不假思索道。陈宗颜自华山归来,想必陈抟老祖也

## 第三卷　幽云长歌

已经到了汴梁。

"罪臣陈宗颜参见陛下！"陈宗颜"扑通"一声跪倒在皇帝面前，颤声说道。

赵光义意识到情况不妙，陈宗颜自称"罪臣"，莫非陈抟老祖出了变故？

"陈宗颜，究竟发生何事，还不快快道来！"赵光义又急又怒。

"陛下息怒，臣奉旨赴华山，召请陈抟老祖入宫。然陈抟老祖见到圣旨与御诗，称自己乃方外修道之人，不理俗世多年，所以，所以……"

"所以什么？"见陈宗颜结结巴巴，赵光义好不耐烦，怒声打断道。

"所以，所以，陈抟老祖感谢陛下隆恩，但称自己不便出山，让臣为陛下带回一份答谢表以及一首答诗！"陈宗颜说着，将答谢表及答诗呈于皇帝。

不管陈抟老祖的答谢表和答诗写的是什么，他已经清楚地给出了答案，那就是拒诏。普天之下，莫非王土，率土之滨，莫非王臣，帝王一言，万民服从，可陈抟却拒诏不至！

赵光义喝问陈宗颜道："陈宗颜，陈抟未到，你竟敢一人独归？如此办事不力，留你何用！"

陈宗颜以头伏地，颤声道："臣下无能，有负皇命，望陛下恕罪。陛下，陈抟老祖乃方外之人，罪臣不敢用强，竭力好言相劝，却依然未果。陛下，臣将功补过，愿举荐一人，此人出马，定能请出陈抟老祖！"

## 五、陈抟谒见

"速速道来!"

"是,是,陛下,臣举荐之人,名张素真,此人乃道士出身,现在朝中供事。道家相通,若由此人去请陈抟老祖,必定能事半功倍!"

"哦?既然如此,那朕就命张素真前去华山,召请陈抟!"

陈抟老祖,这位计定大宋江山的高人,在赵家平定天下之后,却隐居深山不出。建隆元年(960)之时,太祖赵匡胤就曾下诏请他出山,他当时拒诏不出,以示自己终生不仕之志。太平兴国二年(977),赵光义刚刚继位不久,又有谋兄之嫌,朝局不稳,万般无奈之下,只得下诏请陈抟入宫。陈抟初时亦不肯应诏,赵光义答应其入殿不拜,陈抟这才奉诏进宫。陈抟进宫,献出济世安民的四字之策——"远近轻重",即"远招贤士,近去佞臣,轻赋万民,重赏三军"。

陈抟有恩于己,有恩于大宋王朝。

开宝九年(976)十月二十日晚上的"斧声烛影",一直是赵光义心中抹不去的隐痛。设计出"金匮之盟",然而赵廷美郁郁而终,朝中对自己非议颇多。也罢,倘若张素真依然不能请陈抟出山,此事便就此作罢。封禅泰山乃国之大典,赵光义还有许多事情要忙。

## 2. 华山请老祖

转眼到了雍熙元年(984)的五月。五月二十八日,接连下了几天的大雨后,不但没有丝毫停下来的征兆,雨势反而愈来愈大。汴梁皇宫也不免被侵袭。封禅大典的各项事宜都在顺利筹备之中,只是这晚窗外大雨瓢泼,雷声隆隆,电闪如昼,让赵光义也略感不安。

"大雨如注,连绵几日,想必也该停了。"赵光义放下笔,望着窗外的大雨,暗自叹道,"元佐的病愈加重了,尤其是赵廷美死后。哎,这孩子什么都好,就是心地太过纯良,怎知这宫内的血腥呢?等大雨停歇,朕便抽空去看看他。"

赵元佐是赵光义与李贤妃的长子,年幼时秉性聪颖,因为相貌极像赵光义,所以赵光义非常喜爱他。

赵光义正想找人问问赵元佐近日如何,不想心念刚起,眼前突然明光一闪,一道如巨龙般的耀眼闪电撕裂夜空,从天而降,飞进了皇宫之内。接着,一声"轰隆"巨响在头顶炸开,震耳欲聋。

"发生何事?"赵光义面带愠怒道。

王临机不敢怠慢,连忙吩咐一个小太监出殿查看。

"吵嚷之声像是传自西南方向,莫非是文明殿……"赵光义已无心处理政务。

小太监慌慌张张地跑入殿内,满面惊慌失措道:"陛下,大事不好,乾元殿和文明殿走水了!"

赵光义一听,身体骤然一震,只觉头晕目眩,身体晃晃悠悠似要倒下。王临机暗叫不好,连忙上前扶住皇帝。

及至恢复神智,赵光义推开王临机,慌忙奔出崇政殿,只见滂沱大雨之中,宫女、太监四处奔跑,"走水"之声嚷叫不绝。乾元殿和文明殿方向黑烟滚滚,明火似有若无。

"乾元殿怎会走水?"赵光义怒声喝问道。

话音刚落,漆黑的夜空又划过一道巨大的闪电,闪电劈天而

## 五、陈抟谒见

下,准确无误地击中西南方向的文明殿。闪电劈中之处,立刻蹿起火苗,瞬间大股的黑烟便直冲天空。天降火灾,此乃灾异啊,况且偏偏又是乾元殿和文明殿两座正殿走水!这两座大殿在皇宫中的地位非同一般,现在因雷电走水,如此大的灾异,封禅大典怎能顺利举行?

前去查看情况的小太监早已吓得说不出话来,王临机一脚将他踹倒,大声呵斥道:"陛下问话,还不快说!"

小太监"当当当"以头伏地,战战兢兢地颤声道:"回陛下,乾元殿和……和文明殿,被雷电击中,所……所以走水。"

赵光义恍若未闻,目不转睛地盯着远处的文明殿,在心中无声地呐喊道:"上天啊,朕纵使有千错万错,但朕举行封禅大典乃是为万民祈福,难道错了吗?朕到底该如何作为,你才会赦免朕的罪行?"

雷声已逝,"哗哗"的雨声清晰可闻。雨越下越大,文明殿的浓烟似乎小了许多。王临机见状,欣喜地向赵光义道:"陛下,雨势愈大,此乃上天派下水德星君前来灭火啊!"

"此火妖异难灭,还不速帮水德星君灭火?"

皇帝一声令下,身边的太监宫女连忙朝文明殿涌去。

看着越来越大的雨势,赵光义悬着的一颗心也略微放下。他相信,老天待自己尚未太绝!只要今晚天雨不歇,文明殿和乾元殿的大火无须多久就会被扑灭。

可是,谁也未料到,如注的雨下了整整一晚,乾元殿和文明殿的大火也烧了整整一晚,直到第二天天亮,方才雨歇火灭。

## 第三卷　幽云长歌

"天降灾异",大火后连续几日,这句话在赵光义脑海中始终萦绕不散,在朝堂上下、宫廷内外的议论中甚嚣尘上。

对于五月二十八日晚上的大火,赵光义有太多的不明白和不甘心。近年来各地上报朝廷的祥瑞多达上百件,但上苍降下的这道灾异却偏偏是在皇宫,而且烧的是乾元殿和文明殿两座正殿。

这一日,赵光义从垂拱殿下朝,竟一时忘记文明殿已在天火中燃毁,按照往常惯例要前往文明殿小憩。随驾的众太监先是一愣,面面相觑,半晌未敢发一语。王临机见事不对,连忙小心翼翼道:"陛下,文明殿尚在修葺中,陛下是否移驾延英殿休息?"

"修葺?"赵光义默然自语,方才想起文明殿已毁,心中不觉悲愤难平。因为一场大火,封禅泰山之事,朝廷上下已有微词,原本板上钉钉的事情,如今也变得不甚确定。若万一不能封禅,自己该如何是好？心念转动之间,他再次想起一个人——陈抟!

"王临机,前去华山的张素真可有消息?"

听此一问,王临机心中顿时警觉起来,小心回道:"回陛下,张素真尚未抵京。陛下,好事多磨,或许几日之后,张素真就将那陈抟老祖带回开封了。"

几日之后,张素真果真抵达汴梁并进宫面见皇帝。不过,张素真和陈宗颜一样,都未请到陈抟出山。

"启禀陛下,陈抟老祖言称人各有志,自己已决心终生不仕,做方外之人,所以……"张素真以头伏地,语声发颤。不等他说完,皇帝便怒声反问道:"所以你就独自回京?"

"臣,臣有罪,还望陛下恕罪!"张素真吓得结巴道。

## 五、陈抟谒见

"恕罪？朕要陈抟入宫,恕你之罪有何用？连你都请不来陈抟,大宋朝堂之上,还有谁能请来陈抟?"

放眼天下,大火灾异所带来的影响,除了陈抟入宫方能消除之外,四海之内恐怕再无第二人选。

一场大火,让封禅所需的祥瑞条件化为乌有。近日来,朝臣中已有取消封禅大典的议论。封禅乃大事,自己断不能一意孤行。现在,赵光义的所有希望,都寄托在陈抟身上。他厉声喝问王临机道:"当今朝堂之上,谁能请出陈抟?"

王临机一听,顿时腿脚发软,"扑通"一声跪倒在地,见皇帝脸上愠色更重,这才斗胆大声说道:"陛下,依奴才愚见,当今朝堂,葛守忠大人或许能请得陈抟老祖出山。"

"葛守忠?"

"陛下,奴才听闻葛守忠葛大人乃陈抟老祖的弟子,跟陈抟老祖有师徒情谊,假若陛下派他前去,定然事半功倍。"

赵光义听了王临机的话,觉得他说的或许可行,不过,倘若陈抟执意拒诏,自己又当如何是好？不行,必须想一个万全之策！

沉思半晌,赵光义突然抬起头,对王临机道:"传旨,宣开封知府辛仲甫即刻入宫觐见！"

这一日,葛守忠早早去礼部点完卯,一直等到过晌午,前往友人家喝酒。原本从四月份开始筹备的封禅大典的准备工作现在慢了下来。今日朋友相聚,在礼部闲着也没事,他便提前出了皇宫。酒足饭饱,已将近半夜。母亲睡眠常浅,孩子也易惊醒,便轻声叩门。敲了半晌也不见老仆开门,抬手一推,大门竟然开了。葛守忠

## 第三卷 幽云长歌

暗自讥笑连老仆也会偷懒了,屋内却突然响起一个陌生的声音。

"葛大人恪忠职守,深夜方归,下官真是佩服啊!"

语声阴阳怪气,葛守忠连忙转身,大声问道:"你是何人?深夜到访,所为何事?"

"葛大人莫要惊慌,下官乃开封府主簿,奉府尹辛大人之命,特在此等候。"来人意味深长地笑道。

葛守忠不明所以,淡漠地回道:"葛某不才,区区从六品郎中,何德何能,胆敢劳烦府尹大人。主簿大人想必是有什么事吧?"

"打扰葛大人休息,是下官失误。不过,葛大人在休息之前,难道不想去看看小孙儿吗?"来人面露杀机,却还是赔笑。

葛守忠听出弦外之音,怒声问道:"主簿大人何出此言?"

"葛大人莫要动怒,今日晚间,辛大人听说大人乃陈抟老祖的高徒,特意来家中拜访。不想葛大人一直未归,辛大人便邀请葛大人的家小暂时去府衙做客。下官留在此地,就是为了通晓葛大人此事。葛大人的家小乃辛大人的贵客,葛大人无须担心。"

葛守忠克制愤怒,问道:"敢问主簿大人,辛大人此举究竟所为何事?还望主簿大人不吝赐教!"

来人继续笑道:"葛大人真真折煞下官,葛大人可知陈宗颜与张素真两位大人?"

这二人奉皇命赴华山召请老师皆无功而返,皇帝雷霆震怒。此事葛守忠还是听到一些风声的。如今一家老小全被请了去,家中又有开封府主簿亲候自己,此举何意,葛守忠岂能猜不到?

葛守忠暗自苦笑,只得拱手说道:"主簿大人,若有上谕,不妨直言!"

## 3. 师徒情深

雍熙元年(984)八月,华山。

八月的华山,树木苍翠繁密。华山乃五岳之一,以奇险著称,自古就有"奇险天下第一山"之称。华山共有东、南、西、北、中五峰,各峰景象不同,传说不一。中峰又称玉女峰,相传春秋时期萧史善吹洞箫,并因此受到秦穆公敢爱敢恨的女儿弄玉爱慕,毅然放弃宫廷生活,跟萧史来到此峰隐居,因此得名。东峰因位于东方,登台举首望日,回首白云,不可谓不壮。隐居在华山云台观的陈抟,已经许久未去朝阳峰观看日出了。南峰又名落雁峰,是华山最高的峰,南峰之上有南天门,不远处有一处隐蔽的山洞。陈抟躲在此洞里已经旬月有余,避诏不出。

"举头红日近,俯首白云低",如此大好的日出胜景,陈抟好久没有目睹了。心中突然涌出这句诗,陈抟不禁一笑。回忆里,作这句诗的小儿叫寇准。当时自己在东峰观日出,恰巧听到小儿有感而作此诗,观其相貌,他便觉此儿乃宰相之才。直言相告其父,不想小儿在一旁听到,竟然说他是骗子。其父分外尴尬,陈抟却笑称此儿长大后必定是耿直直言之辈。现如今,寇准也应该已经高居庙堂了。

今年是雍熙元年(984),老祖已经是一百一十三岁高龄。他回想少年往事,也曾熟读经史百家之书,并且一见成诵,过目不忘。他也曾立志出仕为官,造福一方百姓,图谋一番作为,只可惜科举

## 第三卷 幽云长歌

不第,世乱不平,无奈之下方才寄情山水,结交高蹈隐士,便生出出世之念,自此专心修道。可是虽曰修道,心思却在天下,终究是心牵天下百姓。所以又多次入世,奉诏入宫,向帝王献济世安民之策。

最近的一次,是太平兴国二年(977),当时赵光义刚刚登基不久,便召请他入宫。大统之位,兄终弟及,稍有差池,朝局就会大乱。若是因为帝位之争而再次陷万民于战乱之中,他的确心有不忍。

皇帝继位一个月,便诏令诸州,大肆搜索知晓天文术数者,凡有敢藏匿道士者,于闹市斩首示众,暴尸街头;告发者,得赏钱三十万。太平兴国二年(977),皇帝再次下诏曰:天文、相术、六壬、遁甲、三命及阴阳书,民间不得私自修习。若是家中有此中之书者,限诏书发布一月之内,将此类书籍全部送官充公。一旦查出,全部处以斩刑。陈抟以精通天文术数而闻名天下,当然亦在"传送宫中"之列。所以,在如此险恶情况之下,他虽然有出世之心,但也不得不奉诏入宫。

他虽然早年就已看出赵氏兄弟皆是天子之命,但那次入宫见了皇帝之后,发现他额头上有一朵阴云,若不驱散,恐怕要祸及天下百姓。他便顺应时势,为他献出"远近轻重"的济世安民之策,并暗下决心,从此不再干涉朝中之事,不再为当今皇帝出谋划策。

葛守忠带着圣旨和御诗来到华山已经许多天了,听云台观的小道童说,陈抟老祖为避诏躲进华山。葛守忠当即下令,命官兵遍搜华山五峰,无论如何也要搜出陈抟老祖,然而仍旧没有找到。葛

### 五、陈抟谒见

守忠无奈,只得亲自去寻,好不容易找到一个山民,告知葛守忠南天门附近可以藏人,于是他便去寻那山洞。

华山奇险,登山劳累,葛守忠累得大汗淋漓,便坐在一块石头上休息,心绪烦乱,根本无暇欣赏这西岳胜景。这时忽听得有官兵大喊发现一处山洞,葛守忠心中一动,连忙起身前去查看。

他已料定老祖在洞中,朝着洞口连拜三次,然后说道:"恩师在上,徒儿来看你了。恩师,弟子带来陛下诏书与亲笔御诗,还望恩师念黎民之苦,奉诏入宫!"

陈抟坐于洞中,哀叹一声,没有说话。他未算到这第三位使者是自己早年的弟子。

"恩师,山洞阴冷,弟子扶您老出来吧。"葛守忠道。

"贫道一心修道,早已立志出世,在哪里接圣旨都一样,你就在外面宣读吧。"陈抟道。

葛守忠应声"是",随即捧出圣旨和御诗,当场宣读。圣旨读罢,葛守忠见陈抟老祖无任何反应,便又大声念起御诗:

三度宣卿不赴朝,关河千里莫辞劳。
凿山选玉终须得,点铁成金未见烧。
紫袍绰绰宜披体,金印累累可挂腰。
朕赖先生相辅佐,何忧万姓辍歌谣。

陈抟听罢,默然不语,半晌,缓缓作出一诗,以为回答:

## 第三卷 幽云长歌

> 九重特降紫袍宣，才拙深居乐静缘。
> 山色满庭供画幛，松声万壑即琴弦。
> 无心享禄登台鼎，有意学仙到洞天。
> 轩冕浮云绝念虑，三峰只乞睡千年。

葛守忠乃陈抟弟子，也是才思敏捷之辈，见老师执意不肯奉诏，也当即和诗道：

> 华岳三峰客，幽居不计年。
> 烟霞为活计，云水作家缘。
> 种药茅亭畔，栽松涧壑边。
> 暂离仙洞去，可应帝王宣。

葛守忠深知老师心意，所以在诗中只言请他"暂离仙洞去，可应帝王宣"。陈抟听此一句，心中一动，抬头仔细端详葛守忠，但见他眉宇之间神思凝重，便问道："多年不见，家中妻小安否？"

葛守忠心中苦涩，欲言却不能言，只得苦笑一声，道："多谢恩师挂牵，家中妻小都好。恩师，陛下召请，实为请您献济世安民之策，恩师忧心天下黎民，弟子家小，不足为虑……"

陈抟心中顿时了然，不待葛守忠说完，便打断他道："你的家小，亦是天下黎民。也罢，为师便陪你走一遭。"

葛守忠忧心家人，陈抟却以自己年老为由，称马车必须慢行，也好欣赏沿途风景。葛守忠无奈，一路缓行，时不时与恩师点评沿

## 五、陈抟谒见

途美景风俗,心中却是焦急万分。走了十几日,车马还在关中地区徘徊。

陈抟对葛守忠道:"徒儿莫忧,你不还朝,皇上不会为难你的妻小。"

这一日即将出关,不想天色忽变,突遇大雨,一行人只得躲进附近一间破庙避雨。不想庙中早有路人于其中生火避雨,见一名白发老者与一队官兵进庙,正不知如何是好时,一位约莫四十多岁的男子从火堆旁站起身,邀请陈抟与他们一起烤火。

葛守忠见对方皆为乡野村夫,即命手下生火,不想让陈抟与村夫一同烤火。陈抟却抚须大笑,走到火堆旁径自坐下,与中年男子攀谈起来。葛守忠无奈,只能侍立一旁,警惕地望着众人。众人惧不敢言,唯有那男子与陈抟侃侃而谈。

"老丈莫要怪罪,我等皆乡野村夫,见到官员,难免心生畏惧。"男子见同行之人皆不言语,便解释道。

陈抟笑道:"你我谈笑风生,我又有何怪罪之理?你们不像关中本地人,不知从何而来,欲往何方?"

男子抿起一丝苦笑,坦言道:"老丈慧眼,我等乃四川眉县人,因家中穷困,一个月前出剑门,越秦岭,来到关中之地,意欲前往开封做糊口营生。岂料一路走来艰难万险不说,财货被山匪洗劫一空,而今又偏逢大雨……唉,我等在此地避雨,实乃愁肠百结,正在商量何去何从,还请老丈指教。"

"不知居士名讳为何,年方几何,家中子嗣几人?"陈抟对男子颇有好感,便欲为其算上一算。

## 第三卷　幽云长歌

不料男子再次苦笑道："不瞒老丈，在下姓苏名杲，时值不惑之年，家中子嗣凋零，只有一子，年方十一。"

陈抟心中一惊，问道："哦，莫非是九子仅存其一？"

"老丈果然高人，内子生有九子，八子夭折，如今便只剩下一子，取名苏序。在下堪怜小儿，所以出山营生，不想落得如此境地，心中甘苦，难言其味！老者世外高人，还望为我等指一条明路。"苏杲惊觉陈抟高明，急切回道。

陈抟抚须大笑道："居士相貌不凡，乃有福之人，深处破庙之中，实乃有福之人偏落无福之地。居士困窘至此，实乃轻财好施所致。既然家中有薄田两顷，莫不如自此打道回府，安心务农，抚养小儿。守忠，大雨将停，准备出发吧。"

陈抟言毕，庙外的大雨果然骤然停歇，众人皆惊。

苏杲愣怔片刻，连忙起身道谢："多谢老丈指点迷津！"

此时陈抟已至庙外，身形未转，大笑道："苏先生，方外之人再送你四个字：耕读传家。切记，切记！百年之内，眉山苏氏，必将名动天下！"

要说这苏杲，的确声名一般，他的儿子苏序，为人慷慨，乐善好施，虽一生无甚大作为，却育有三子，其中一子名曰苏洵，号老泉，即后来与他们两个儿子苏轼、苏辙皆位列唐宋八大家的苏老泉。

从破庙出来，葛守忠小心扶陈抟上车，疑惑道："恩师今日为何对一乡野村夫如此礼遇，竟然还称其为先生。当今天下，能让您称其为先生的，怕是没有几个吧？还有，您刚才说眉山苏氏将名动天下，弟子倒认为不见得，他一乡野之人，能教养出何许名人？"

## 五、陈抟谒见

陈抟嗔怒道:"守忠为官日久,不见体恤百姓,实乃为师之过。为师实言相告,百年之内,眉山苏氏之后人,不仅名动天下,且能光耀后世千年!"

### 4. 鸠占鹊巢

自从在破庙之中巧遇苏呆,陈抟心情大好,一路寄情山水,走走停停,到达京城时,已是雍熙元年(984)十月。

得知陈抟抵京,赵光义大喜,不仅宣陈抟第二天便入宫觐见,还特赐陈抟自宣德门进宫。第二天一大早,太监王临机便早早来到宣德门外,等候陈抟老祖大驾。退朝之后,赵光义将陈抟老祖领入延英殿面圣。王临机觉得自己推荐葛守忠赴华山请来陈抟老祖有功,所以早早就来到宣德门外等候。

可是,王临机从日出东方等到日上三竿,也没有见陈抟老祖到来,心里不免焦急起来。王临机正打算差人去驿馆打探情况,便远远看到一位须发皆白的老者,缓缓向宫门行来。老者一身道袍,身形瘦削,步履虽缓却轻盈自若,隐然有仙家之气。

王临机心下大定,快速趋步迎上去道:"奴才王临机,见过陈抟老祖,奴才已在此奉旨恭候多时,还请老祖随奴才前去延英殿。"

陈抟步履悠悠,笑道:"不急,不急,你我且慢慢行去。"

王临机早已心急如焚,于是谄媚道:"老祖,陛下退朝之后请您去延英殿觐见,奴才眼瞅着时间不早,老祖受累,烦请走快点,以免陛下久等,到时奴才不好交差,还望老祖体谅。"

陈抟抚须而笑道:"王公公倒是口齿伶俐。不过,你着急也无用,陛下现在还未下朝,你若是信得过老道,我们且慢慢行去,老道断不会让你为难。"

王临机闻言,心中道苦,陛下再三请来的贵客自己得罪不得。心念转动间,王临机笑道:"老祖哪里话,大家都说您是赛神仙,岂会骗奴才?老祖既然说慢慢行去,那奴才就领您老各处瞧瞧。您老请随奴才入宣德门,老祖,这宣德门乃皇宫正门,一般朝臣入宫,皆由旁边的右掖门进入,而陛下特许您老自宣德门进入,可见陛下对您的重视,老祖,老祖……"

王临机侃谈间,猛然发现陈抟老祖正满面笑意地看向右掖门。王临机顺势望去,一名年轻官员自右掖门方向朝此处行来。年轻官员一人独行,看起来官职不高,想必是昨夜值班,刚刚交接完毕。确定对方不是上朝高官后,王临机顿时安心许多。刚想开口催促陈抟老祖,却见年轻官员竟然向他们二人走了过来。

"下官虞部员外郎包令仪拜见陈抟老祖,听闻陛下今日在延英殿召见老祖,不想下官有此福分,竟在此处巧遇老祖。"年轻官员虽面有倦意,但相貌英伟,器宇轩昂,说起话来更是掷地有声,铿锵有力。

陈抟笑意融融,重复道:"包令仪,好名字!包员外相貌堂堂,伟岸不凡,不知跟楚国忠臣申包胥可有渊源?"

"包某不孝,申包胥正是下官先祖。"包令仪面有惭色道。

陈抟点头笑道:"包员外教子有方,陈某佩服之至!不孝之说从何而来?"

"老祖谬赞,只是长子尚年幼……"包令仪谦虚道。

## 五、陈抟谒见

不过,他话未说完,陈抟便已转身朝宣德门行去,边走边大笑道:"包员外不必过谦,陈某所言乃你未出生之幼子。教子如此,真乃天下百姓之福啊!"

包令仪不明所以,望着陈抟的背影在原地呆愣半晌。

王临机快步跟上陈抟老祖,谄笑道:"老祖,您刚才之意,莫非是说包员外的儿子将来必成国之栋梁?"

陈抟大笑两声,没有回答。王临机却暗下决心,日后一定多多留意包令仪这个从六品小官。不过,若是王临机可预知陈抟所言包令仪幼子,乃是以刚正不阿、善断狱讼闻名的包拯包青天,不知他是否还会有此攀附心思?

"老祖,进宣德门一直朝北走,进入大庆门,然后东行,再北上至宣佑门,继续北上,便可看到延英殿。"王临机领着陈抟边走便介绍道,"老祖,大家都说您是赛神仙,能前知五百年,后知五百年,您老受累,帮奴才也算算,看看奴才何时能发达?"

"王公公乃陛下面前红人,听闻葛守忠前去华山乃公公推荐,公公此时便是发达之时,何必等待他日?"

说话间,二人已行至大庆门,过了大庆门,行至崇文院附近时,陈抟忽听得一阵悦耳的喜鹊叫声,不禁心思一动,道:"王公公,此叫声传自何处?"

"回老祖,喜鹊叫声乃从崇文院中传出,就在西廊史馆书库的后院,瞧,鸟巢就在那棵大树之上!"

陈抟顺着王临机的手指方向望去,果然看到一个鸟巢,一只老喜鹊正在给三只小喜鹊喂食。其中一只小喜鹊好像是吃饱了,老喜鹊喂给它的虫子,它竟然又用嘴叼着给了另外两只喜鹊。

陈抟若有所思地望着鸟巢,忽而笑道:"万物有情,有趣,有趣!"

"老祖有所不知,此处鸟巢还有一个非常有趣的来历,不知老祖有兴趣听否?"

"哦?既如此,你且说来听听。"陈抟好奇道。

"奴才遵命!回老祖的话,这喜鹊窝是去年春天筑的,鸟巢筑好没几天,喜鹊就被两只黑黝黝的乌鸦给赶走了。两只乌鸦在此处生蛋孵化,没过多久,两只乌鸦就变成了六只,整天呱呱乱叫,聒噪得紧。老祖您说,乌鸦的叫声哪里有喜鹊好听,而且颇多晦气!奴才几个人凑在一块儿一商量,正打算将那乌鸦赶走呢,不想突然不知从哪里窜出一条金色的大蛇,不仅将那乌鸦给吓跑了,而且连几只小乌鸦全部被它吞进腹中。说来也奇怪,金色的大蛇没住几天,便不声不响地离开了。自此,树上的鸟巢空了有半年左右,直到今年开春,鸟巢里突然又来了两只喜鹊,在此处生儿育女。大家都说,这是以前的喜鹊回来了,不过,喜鹊都长差不多,谁也认不出来,大家如此言说,也就是图个好玩。老祖,您觉得奴才说得对否?"王临机侃侃而谈,说完之后殷切望着陈抟。

陈抟却默然良久,心思频动:此处鸟巢莫非暗合大宋帝位之变化?不过,如此大变,想必已是百年后之事。思虑及此,陈抟心中释然,边走边笑道:"王公公,陛下已在等候,我们快快前行要紧。王公公,此事陛下可知否?"

"您老说喜鹊的事?陛下日理万机,此等小事,奴才怎敢惊扰

## 五、陈抟谒见

陛下？"王临机恭谨笑道。

"王公公，贫道有一言，不知公公愿听否？"陈抟忽敛笑容，问道。

"老祖一言定天下，奴才不敢当，还请老祖不吝赐教。"王临机不知陈抟何意，诚惶诚恐道。

陈抟笑道："公公莫要惊慌，公公今日带贫道觐见陛下，贫道感恩，送与公公四字：谨言慎行。唯有如此，方可平安一生，公公可记住了？"

"谨言慎行？"王临机默念四字，随即脸色骤然一凛，弓腰深拜，道："王临机多谢老祖指教，日后定当铭记于心，身体力行！"

"王公公，不远处行来之人，不知是何许人也？"

王临机向北而望，立即小声道："回老祖，那几位皆是朝中大臣，为首者为当朝宰相宋琪，其身后者，乃参知政事李至，后面为……"

"宋琪？"不等王临机再说下去，陈抟便轻声笑道，"有意思，贫道此次来京，何止是不虚此行，简直堪称收获颇丰啊！"

王临机不明所以，见宋琪等人已到面前，连忙上前躬身行礼。宋琪令其起身，随即走到陈抟面前道："宋琪拜见陈抟老祖！得见老祖真容，宋琪何其幸哉！"

"老道方外之人，宰相大人言重。"陈抟淡淡一笑。

宋琪亦微笑道："老祖，陛下此刻正在延英殿恭候大驾，陛下问道老祖，老祖一言，事关天下黎民百姓，宋某不才，不敢在此耽搁老祖。"

宋琪所言，实乃提醒陈抟须谨言慎行，不可以一言而致天下黎民之祸。陈抟何许人也，自然听得出语中机锋，当即敛容说道："宰相大人心忧百姓，实乃百姓之福。贫道方外之人，徒有虚名，向来只言胸中所思，不遮不挡。宰相大人，若无他事，方外闲人先行一步。王公公，烦请先前带路。"

延英殿内，皇帝心内焦灼不已。就在刚刚，宰相宋琪表面言说雍州大水之灾后重建工作，弦外之音却处处说陈抟是方外之人，多年隐居深山，不知朝堂之事，不懂百姓之苦，劝谏皇帝以黎民百姓为念，莫要召见陈抟。

"不召见？"赵光义将茶杯重重掷于桌上，自言自语怒道，"不召见，朕为何三请陈抟出山！若是封禅大典如期举行，朕见不见陈抟倒也无关紧要，但文明殿和乾元殿的大火，令朕不得不于六月诏令罢除封禅泰山！种种之非议，让朕如何消解？况且，朕心中疑难重重，放眼天下，除了陈抟，谁可一解？开口闭口天下百姓，难道朕不关心百姓之苦吗？不知朝堂之事？陈抟老祖献计于赵家王朝，太平兴国二年更是为朕献出'济世安民'的四字之策，朕心中敬重，如此当世奇人，朕如何不见！"

赵光义还在为宋琪的话而恼怒，却听太监高声喊道："启禀陛下，陈抟老祖已到殿外。"

"快请！"赵光义面露喜色，随即又改口道，"慢，朕亲自出殿迎接陈抟老祖！"说话间，他已来到殿外。

陈抟见皇帝亲迎，连忙上前躬身施礼，道："贫道参见陛下，陛下万福！"

## 五、陈抟谒见

赵光义不待陈抟躬身下去,于半礼时扶住他,笑道:"老祖莫要多礼,老祖请入殿,朕已等候多时。"

君臣二人入殿,赵光义于主位就座,陈抟坐于侧位。

皇帝举杯大笑,道:"自前次一别,如今已七年有余,老祖鹤发童颜,真乃仙人也!不知老祖有何养生妙法?"

陈抟亦笑道:"陛下谬赞,所谓养生妙法,无非静心养性而已。天地万物,皆有其大限,贫道隐居多年,自认感应天地之间,近几年深觉自己大限不远,能于大限之前再见陛下一面,亦是贫道之幸。"

皇帝召请陈抟,本是有要事相商,不想突然听到此言,心中大骇,急忙道:"老祖精神矍铄,宛若稚子,何来大限不远之说?"

陈抟坦然道:"陛下莫要担忧,贫道年逾百岁,古今皆稀,能在得道飞升前见此安平盛世,实乃平生之幸。"

二人寒暄几句,皇帝屏退左右,正色问陈抟:"老祖可知,朕召请老祖所为何事?"

陈抟起身躬礼,道:"贫道愚钝,还望陛下明示。"

"老祖请坐。"皇帝笑道,"依朕看来,老祖不是不知,而是假作不知。不瞒老祖,朕请老祖而来,主要为三件事。其一,朕困于朝野之议,需要老祖亲临皇宫,为朕消解谣言。此中之困,自老祖进入皇宫之时,已解一半。若是老祖肯出言相解第二件事,那么前者之困,亦可以全解。"

言及此,赵光义举杯抿酒,不再说下去。陈抟见状道:"陛下心忧天下万民,陛下之难,便是万民之难,贫道定当竭尽全力,为万民排难,为陛下分忧。第二件事具体为何,还请陛下直言。"

陈抟仙风道骨,面对帝王之尊,说出此言,亦是合乎情理之举。况且,陈抟心忧天下百姓,此话之中,为万民排难之心,亦是一片冰心,不可置疑。

"好,老祖高见!"皇帝抚掌大笑道,"不瞒老祖,第二件事的确事关黎民百姓。辽国多次侵我大宋边疆,犯我治下子民,百姓饱受战乱之苦,每每思及,朕无不痛心疾首,悲愤难平。所以,朕痛定思痛,欲二次北伐,却又担心朝中百官非议。老祖计谋天下,朕欲请教老祖,朕可否二次北伐,解救黎民于水火?抑或何时适合北伐,还望老祖直言。"

赵光义这番话颇有些冠冕堂皇。太祖虽已驾崩,但他留在赵光义心中的阴影却是一生一世也难以抹去的。他为了一雪自己高梁河之战的耻辱,二次北伐势在必行。解救黎民于水火,并非北伐主要原因,更多则是他兴兵北伐的借口。此中道理,陈抟岂会不知?

陈抟抚须思虑良久,道:"陛下,关于此事,贫道只有一言。"

赵光义急不可耐道:"老祖请讲!"

陈抟不紧不慢道:"祸从北来。"

此言可谓意指深远。近者而言,辽国位于大宋东北,可谓北祸;远者来说,三百年后,位于大宋北部的蒙古将灭亡大宋,入主中原,继承大统。当然,赵光义决计不可能料到三百年后之事,所以,这四字在他听来,所指无疑便是契丹辽国。

五、陈抟谒见

## 5. 祸从北来

赵光义听罢,知老祖不赞成北征之事,便问:"老祖所言,朕可否作如是解?既然那祸事要从北方而来,朕便要阻止这场祸事,决定先发制人,好教它不要北来。"

陈抟摸一缕胡须,说道:"陛下,贫道言尽于此,还望陛下莫要为难贫道。况且,若贫道猜测不错,陛下北伐与否,定然与第三件事有关。"

赵光义愣怔片刻,随即大笑道:"老祖果然世外高人,朕心甚服!老祖所言不差,朕的第三件事,既是家事,亦是国事,皆关系天下之人,还望老祖不吝赐言。朕诚心请教,不知朕百年之后,帝位将归于何人?"

陈抟说道:"陛下,道家鼻祖老子有言,上善若水,水善利万物而不争……"

"老祖莫非要朕秉持仁善之心?"赵光义打断陈抟,以为所言"水善"实乃暗指"不争"。

陈抟暗叹一声,笑道:"陛下心忧万民福祉,乃最大之仁善,何来贫道劝谏之说?贫道隐居华山多年,发现一个很有趣的现象。天降甘雨,水入树木之体,滋养其生长。然云住雨歇,太阳金光自云层溢出,炙烤万物,树木之水溢出体内,蒸蒸而上中天。如此循环往复,天地万物,生生不息。贫道言尽于此,帝位何去何从,想必陛下心中早有分晓,贫道不敢妄言。"

赵光义听后不明所以,只得让老祖退去,一个人在宫中默默

## 第三卷　幽云长歌

思量。

　　翌日下午，陈抟由太监王临机领着，前往中书门下观政。王临机将陈抟奉若神明，一路之上，谄媚不断。

　　昨天与皇帝长谈，陈抟已再无他论。皇帝要给老祖赏赐封官，陈抟坚辞，他只能收回成命。与此同时，宋琪带着手下部分官员，正站在大门外等候陈抟的到来。昨天他接到皇帝旨意，今天接见陈抟时，宋琪已打定主意，除了完成皇命之外，还要尽快将陈抟送离京城。

　　忽听得王临机欣喜道："老祖，到了！您瞧，宰相大人正在门外迎接您呢！"

　　陈抟定睛一望，远远看到宋琪带着众人向自己迎来。宋琪踏前一步，拱手笑道："宋琪领中书门下众臣，在此恭候老祖多时，老祖一路安否？"

　　陈抟大笑，还礼道："宰相大人多礼，贫道受之不起。"

　　双方寒暄完毕，宋琪领陈抟进入中书门下，边走便介绍道："中书门下乃宰相治事之所，又称'政事堂'，沿袭唐时旧制，与掌管军事大权的枢密院并举，合称'二府'。中书门下设……"

　　眼见宋琪打算仔细说下去，陈抟连忙打断道："宰相大人，此中处理的皆为朝堂政事，贫道区区方外之人，不宜了解过多。宰相大人好意介绍，贫道心领了。"

　　听完此言，宋琪心知陈抟隐退之心坚决，遂道："老祖世外之人，淡泊名利，宋某佩服。宋某听闻老祖得玄默修养之道，不知可

## 五、陈抟谒见

授予他人乎?"

陈抟淡笑道:"贫道山野之人,不知神仙黄白之事、吐纳养生之理,也没有法术可传他人。诸位皆治世之才,心怀天下,即使能得道升仙,于世又有何益?当今陛下龙颜秀异,有天人之表,博达古今,深究治乱,实乃有道仁圣之主。当此之时,正是君臣同心同德,齐心协力专心致治之秋。所谓修炼,无非勤于政事,安心治世而已。"

宋琪面有惭色,道:"老祖得道高人,宋某受教,定当竭心尽力,辅佐陛下治世安民。"

陈抟抚须大笑道:"有如此良君贤臣,天下何愁不安?贫道此次进京,心愿已了,已到归去之时,宰相大人保重!"说罢,不等宋琪等人反应,陈抟便大笑着离开政事堂,出皇宫而去。

宋琪向皇帝讲述了陈抟参观政事堂之事,赵光义听罢,心知陈抟去意坚决,对陈抟更多了几分敬重。

"传旨,诏赐陈抟号'希夷先生',赐紫衣一袭,暂留陈抟于宫中,令有司增葺陈抟所居云台观。"

陈抟受号,其余皆坚辞不受,数月后归华山,居华山石洞,闲游山冈水涧,漫看云卷云舒。

## 六、杨业殉国

### 1. 萧太后摄政

辽乾亨四年(982)九月,耶律贤病逝,享年三十五岁。他留下遗诏,将皇位传给长子梁王耶律隆绪。梁王年仅十二岁,其母萧绰也仅三十岁,萧绰祖父萧思温虽为辽国重臣,但已去世多年,萧绰又无兄长可以倚靠,形势非常危急。

景宗驾崩的第二天,萧绰将朝中百官与皇室宗亲召到焦山行宫景宗灵柩前,宣布景宗遗诏。

"先皇外出狩猎,不幸病逝,驾崩前传位于梁王。梁王虽为先皇长子,年仅十二……"面对满宫帐的王室宗亲,萧绰哭哭啼啼道,"梁王年幼,先皇遗诏命哀家临朝摄政,但哀家孤身柔弱,如今母寡子弱,族属雄强,边防未靖,哀家一个柔弱女子,可该如何是好?"

萧绰一边哭泣,一边悄悄打量着堂下诸王以及文武大臣。

出身贵族的萧绰从小耳濡目染,对政治非常敏感。嫁给耶律贤之后,耶律贤体弱多病,萧绰便时常助他处理政务。在她的直接

## 六、杨业殉国

推动下,景宗时期,辽国进行了大规模的军事改革,重点就是打击和削弱贵族王公军。打压与拉拢相结合,分而治之的改革措施中,萧绰虽然很大程度上削弱了贵族王公军的势力,但他们对于刚刚继位的耶律隆绪而言,依然是非常大的威胁。

大臣、诸王面面相觑,不知这位精于骑马射箭的太后葫芦里卖的什么药,皆默然不语。

半晌,宫帐中站出一人,慷慨凛然地说道:"陛下受先皇遗命登基,臣等自当竭力辅助,只要太后和陛下相信臣等,何虑之有?"

韩德让站在大殿前。"韩大人一片忠心,足慰先皇在天之灵,然朝中百官,韩大人岂能一言代之?"萧绰故作担忧地说道。

"太后无须担心,臣等身为先皇遗臣,自当谨遵先皇遗命,辅佐当今陛下!"这次站出来的,正是萧太后的侄女婿,也是高梁河之战中打败宋军的主将之一耶律斜轸。

韩德让与耶律斜轸此举让大臣们心中忐忑,一方是年幼的梁王,一方是拥兵自重的王室宗亲,虽然先皇留有遗诏,但此时该拥立谁为新主,遗诏的作用并不大。如此关键时刻,万一站错了队,那可是性命攸关的大事。鉴于此,大臣们也只能揣着明白装糊涂,故作不明所以,一言不发。

在场的诸位王爷,无不野心勃勃,有心叛乱,但也知眼前这个弱质女流,可一点都不弱。不过若要他们此刻向一个十二岁的小儿俯首称臣,实在是心有不甘!诸王无奈相视,闷声不语。萧绰收敛哭腔,目光冷冷地看着诸王与大臣,随即向韩德让递了个眼色。

韩德让心下会意,跨前一步,抽出腰间钢刀,冷冷言道:"陛下乃先皇长子,继承大统顺天应民,我等自当竭力辅助,诸位岂有异心?"

话音未落,宫帐外便涌进两队杀气冲天的御帐亲骑军,大臣与诸位王爷无不胆寒。见此情景,大臣们哪里还敢再装糊涂,立即跪倒,表示愿意辅佐幼主,山呼万岁。诸王无奈,也纷纷俯首称臣。至此,耶律隆绪顺利登基,萧绰则被尊为皇太后,便是历史上赫赫有名的萧太后。

是夜,太后宫帐内,萧太后设宴,与耶律斜轸和韩德让饮酒。萧太后心中大畅,不知不觉便多喝了几杯。从辽景宗重病到今天,她一直提心吊胆,担心诸王叛乱。幸亏韩德让从中谋划,这才得以让绪儿顺利登基,令诸王敢怒不敢言。想到此处,萧太后不禁举杯,道:"今日能得诸王臣服,两位爱卿功不可没,来,哀家敬两位爱卿一杯!"

耶律斜轸饮毕,眉头紧锁道:"太后,今日之后,诸王暂不敢妄动,臣此刻担心边防之事。高梁河一战,宋国皇帝落荒而逃,此后宋辽两国虽无大的征战,但小战不断,边境不宁。四个月前,潘美在雁门之地连破我军三十六垒,臣担心宋国皇帝为一雪前耻,趁陛下新近登基之机,大举进攻。"

萧太后将酒杯置于桌上,道:"将军所言极是。宋国觊觎燕云十六州已久,然燕云之地既是我们防止中原国家长驱直入的重要军事屏障,不容有失。哀家决意让耶律休哥为南面行军都统,驻守南京,总理南面军务,便宜行事,不知两位爱卿意下如何?"

"太后英明,北院大王对新帝忠心不二,乃军事奇才,驻防幽州

## 六、杨业殉国

非北院大王莫属。臣敬太后一杯!"耶律斜轸起身大笑道,随即举杯,一饮而尽。

"臣也敬太后一杯!高梁河之战中,北院大王两箭重伤宋国皇帝,如今北院大王驻防幽州,宋军必然不敢进犯!"一旁的韩德让也起身说道。

三人共饮一杯,说笑一番后,耶律斜轸推说天色不早,便退出宫帐。

韩德让起身亦要走,萧太后却拦住他道:"连日之事,心中感激。你我二人曾有婚约,今先皇已逝,愿谐旧好,幼主当国,亦汝子也。"

"燕燕,先皇新逝,我不便久留,以免招惹闲言。"韩德让四下望望,宫帐之中无外人。

"招惹闲言?你我二人情深意重,纵使闲言甚嚣尘上,何惧之有?"萧太后坦言道。

韩德让愣怔片刻,望着萧太后的神色,心中不觉一暖,觉得自己做什么都是值得的。

"王临机,今夕何年?"赵光义躺在卧榻之上,呻吟问道。

王临机小心答道:"雍熙二年十二月,转眼便是新年。陛下,您感觉如何?传太医否?"

"一群废物,宣侯莫陈利用进宫!"赵光义捂着强烈作痛的大腿,怒声道。

王临机答应一声,连忙吩咐小太监出宫宣诏,又殷勤地向皇帝递上一盏茶。赵光义轻啜一口,身上的箭伤疼痛难忍,六年来,每每这疼痛发作,就让他想起那高梁河之仇。若是不报,自己枉为人君!

朝堂之上,赵光义刚刚提出北伐之念,宰相宋琪便首先站出来反对。在辽国之事上,宋琪向来主张积极防御,太平兴国八年(983),赵光义先后两次提议伐辽,他皆提出反对意见,声称辽国四面树敌,自取灭亡是早晚之事。如今,两年时间过去,辽国未亡,赵光义的耐心却已消磨殆尽。当宋琪再次提出反对时,赵光义毅然免其宰相之职。可是朝中并非只一个宋琪反对伐辽,宰相李昉向来主张与辽和亲,副宰相李至也反对伐辽,还有左谏议大夫张齐贤,大臣皆有此心。

为了找到一个出兵的借口,赵光义费尽心思。得知辽景宗去世,他计上心头。

他手书一封,写给萧太后:"契丹当年违背盟好,兵援太原,所以出兵幽云,欲收复旧地,辽宋两国兵火连年不息,朝臣多请息民为由,朕欲与辽国和谈,赎买幽云⋯⋯"

萧太后断然拒绝和谈要求。此番,便让赵光义讨得了借口。

他正在思量如何出兵,小太监禀报:"启禀陛下,刑部尚书宋大人殿外求见。"

"不见!"赵光义脱口而出道,拂袖间将案几上的茶杯摔到地上。小太监吓得"扑通"一声跪倒在地,抬眼偷偷瞧着王临机。

王临机示意其下去,走上前安慰道:"陛下莫要动怒,万不敢牵动伤口。"

## 六、杨业殉国

赵光义顿觉一阵剧痛传来。宫里的太医统统是废物,连区区箭伤都束手无策!六年时间,自己大腿上的箭伤不但未能痊愈,还蔓延至小腿,疼痛难忍。

"侯莫陈利用为何还未到?"他咬牙问道,额头已渗出细密的汗珠。

王临机道:"陛下莫急,老奴马上派人去催。"

"启禀陛下,侯莫陈将军在殿外候旨!"王临机话未说完,刚才出宫召侯莫陈利用的太监便走进来禀道。

"还不快传!"王临机连忙喊道。

小太监不敢耽搁,急忙将侯莫陈利用带进殿中。

侯莫陈利用见了皇帝,皇帝忍着痛说道:"爱卿,朕的箭伤又犯了,又痛又痒,你快些为朕治治!"

"陛下莫急,陛下莫急,我这里有刚刚练好的金丹两粒,陛下用温水服下,半个时辰内管保止痛止痒。"

赵光义服下金丹之后,不到半个时辰就感觉不到痛痒了,便说道:"爱卿,你这金丹多给朕准备几粒,朕一并服下,岂不是可以根治了?"

"陛下,微臣的金丹炼之不易,需要搜罗上百种药材,耗时半年才炼得出这两颗来。"

赵光义便说:"你尽管去国库提钱,多铸丹炉,多派人手,与朕炼来!有什么要求朕都答应你便是。"侯莫陈利用窃喜而归。

寒风凛冽刺骨,飞扬的雪片刮在脸上如刀刻斧凿般,宋琪站在冷风中忍不住瑟瑟发抖。传话的小太监让他速速离开,他望着漫

133

天的大雪,摇头苦笑。皇帝北伐之心已决,但宋琪坚定不能北伐,这是他此刻唯一的念头。血气上涌,他突然有种冲动,想要冲进大殿之中面圣直谏。

心念转动间,侯莫陈利用从大殿之内走出,道:"不知宰相,哦不不,不知尚书大人在此有何贵干?"

区区一个方技之士,投机取巧之辈,竟然一跃成为朝廷右监门卫将军,领应州刺史,对于此等小人,宋琪向来不放在眼里。眼见对方从大殿内出来,宋琪勉强笑道:"侯莫陈将军,陛下可好?"

"托尚书大人洪福,陛下急火攻心,引发旧疾,疼痛难忍,下官心有不忍,竭尽全力救治,陛下现已无大碍。尚书大人,下官冒昧奉劝,陛下顽疾在身,不便接见臣子,尚书大人请回吧。"侯莫陈利用冷笑道。说罢,便转身离去。

宋琪心中恼怒,却不便发作,面对漫天大雪再次感叹一声,在风雪之中离去。

## 2. 兴兵北上

雍熙三年(986)正月,新年气氛还未散去,雄州知州贺令图再次上书,请求出兵幽蓟之地。"昔日国家征伐太原,契丹违背盟好,发兵来援,若非决然取之,河东之师几成迁徙之义。今日契丹主年幼,国事决于其母,韩德让宠幸用事,国人疾之。"

"好,母寡子弱,佞幸弄权,真是天助朕也。诸位爱卿意下如何?"赵光义不禁大声道,喜悦之情溢于言表。

话音刚落,参知政事李至便站出班列,大声道:"陛下,万万不

## 六、杨业殉国

可。伐辽之事牵扯甚广,须从长计议。雄州知州贺令图所言辽国母寡子弱之国情,亦有待查证。"

"李爱卿所言甚是,贺令图一家之言,不能偏听。但岳州刺史、文思使、军器使,以及崇仪副使等相继上言,皆称辽国母寡子弱,佞幸弄权,实我大宋伐辽之天赐良机,不知李爱卿还有何反对之言?"

"陛下,臣……"

不待李至说下去,赵光义便打断他,道:"朕意已决,休要多言。伐辽之事势在必行,如此大好时机,岂能错过?收复幽燕,拯救黎民于水火,乃朕之夙愿,百姓昼夜企盼,朕岂能置百姓于不顾?传旨,北伐事宜交付廷议!"

百官跪伏在地,齐声道:"陛下英明!吾皇万岁万岁万万岁!"

李至心中有言难诉,看到宰相李昉的位置无人列位,不禁摇头苦叹,北伐之事已成定局,自己恐怕多说无益。散朝后,他行色匆匆地赶往李昉府中。李昉年事已高,冬季天寒,前两日听闻他因病卧床,无法理政。但赵光义出师北伐,必找李昉商议,他的最后一丝希望放在这位重臣身上,愿能让皇上收回成命。

刚刚踏进李府大门,便听到一阵丝竹悦耳之声,心中不禁大骇。待李至进入厅堂,堂内舞影翩跹,鼓乐齐鸣,高朋满座,觥筹交错,其乐融融。李昉坐于上位,手执酒杯,满面红光,何来半分病态?

一旁的仆人连忙加座。李至手一挥,冷言道:"谢过大人了!朝中风云涌动,宰相大人尚有心思在此饮酒作乐,下官佩服!"

"老夫忽而有感,忆及前人旧诗一首,欲与李公赏评一番,还望

## 第三卷　幽云长歌

李公不吝赐教。"李昉道。

"恕下官不敢奉陪！陛下欲大举伐辽，宰相大人竟有心思品评诗歌！"李至说罢起身就走。

李昉并无心阻拦，淡淡笑道："葡萄美酒夜光杯，欲饮琵琶马上催。李公不赴疆场，为何如此心急？"

李至止步，回身端起酒杯，笑道："醉卧沙场君莫笑，古来征战几人回？好诗，好酒！"

"诗为好诗，酒亦好酒，不过……"李昉笑声骤停，言语中满是无奈与沧桑之感。侍立一旁的管家心领神会，命舞乐弄曲之人迅速退下，推杯换盏之辈见势不妙，亦连忙退出大厅。

"李公请坐，有话但说无妨。"见大厅内只剩自己与李至二人，李昉肃然道。

"陛下意欲北伐，大人知否？"李至急切道。

李昉不急不缓道："陛下北伐之心已久，众所周知。如若老夫所记不差，太平兴国八年底，陛下就曾下诏枢密院，命其拟出北征方略。"

"大人，今时不同往日！"李至道，"今日早朝之上，陛下当朝宣读雄州知州贺令图的上书，称辽国母寡子弱，佞幸弄权，声称此乃大宋伐辽良机。下官愚见，陛下此次伐辽之意，甚是坚决。但伐辽之举，兹事体大，祸延百姓，还望大人斟酌。"

李昉惨然一笑道："李公，你可知贺令图之奏章乃何时所上？"

"陛下今日早朝宣读，奏章应是近几日所上。"李至直言道。

"非也。"李昉感慨道，"辽幼主登基于太平兴国七年，贺令图

## 六、杨业殉国

关于辽国国情的奏章最早上于雍熙元年。两年时间,贺令图曾多次上书陛下举兵伐辽,陛下今日早朝宣读贺令图奏章,何止伐辽之意已决,恐怕伐辽准备已非常充足,举国伐辽,将在不日之间!"

"果真如此?"

"若非如此,老夫为何要在此寄情诗酒?陛下绕过中书省,独与枢密院商议北伐之事已久,老夫无能为力,唯有饮酒罢了。"

皇帝密诏枢密院之事,李至当然有所听闻。不过,若因此便对北伐之事置之不理,实非大丈夫所为。

"李公,宋大人一个月前被罢,所为何事无须老夫多言。朝中反战者多,敢于违皇命者寡,李公何必执拗于此?"李昉好意劝慰道。

李至是出名的性情耿直之辈,当即断然道:"李某为官,但求问心无愧,既然宰相大人欲明哲保身,人各有志,李某自不强求。告辞!"

李昉也不相送,自斟自饮道:"普天之下,莫非王土,率土之滨,莫非王臣。好酒,好酒!"听到李昉的感慨,李至不屑地冷哼一声,大步朝府外走去。

正月二十一日,赵光义在早朝时宣布大宋举兵伐辽。

"任命天平军节度使曹彬为幽州道行营前军马步军水陆都部署,河阳三城节度使崔彦进为副侍卫马军都指挥使,彰化军节度使米信为西北道都部署,沙州观察使杜彦圭为副部署,此东路军自雄州而出。侍卫步军都指挥使、请难军节度使田重进为定州路都部署,为中路军,率兵出飞狐。检校太师、忠武军节度使潘美为云、应、朔等州都部署,云州观察使杨业为副将,王侁为监军,西路军自雁门出。水军从界河口出航,跨渤海湾,于辽国平州登陆,从后方助攻。抽镇西军东征契丹!"

这一日三路大军出发不久,散朝之后,赵光义前往崇政殿处理政务。宋琪再次上书一封,赵光义初读,见奏疏中言及辽国军制与兵力,不禁大喜,但读到奏疏末尾,不禁怒意填胸。

"然则兵为凶器,圣人不得已而用,若精选使臣,不辱君命,同盟结好,弭战息民,此亦策之得也。"赵光义满脸怒气,吩咐王临机将作战阵图取来。

王临机不敢耽搁,急忙将阵图取来展开。赵光义细细端详阵图,心情渐渐舒畅。为了确保各军将领按照阵图作战,他派遣了心腹文官作为监军,监督将领,只准各军将领按照阵图作战。

初次北伐行事仓促,加之后勤粮草不济,导致高梁河大败,然而此次北伐幽蓟,粮草十倍准备,七十州的人力物力,参战部队主力将近三十万人。赵光义坚信,此次伐辽,定然全在掌握之中。

早在雍熙二年(985)十二月,赵光义密诏诸将至汴梁,面授进攻方略。他叮嘱诸将:"潘美之西路军首先攻取云、应等州,中路军攻打蔚州,与此同时,曹彬东路军则以十万之众,持重缓行,声言攻取幽州,实则吸引幽州兵力,为西路军争取时间。待中路军与西路军大捷之后,再与东路军会合,三路大军会合一处,共同攻打幽州。"

## 六、杨业殉国

如此详尽的作战方略,攻陷辽国指日可待。心念及此,赵光义不禁信心倍增,仿佛曹彬大军已直捣黄龙。"来人,拟旨,命曹彬东路军持重缓行,保存实力,与中、西两路大军会合之后再合围幽州,万万不可冒失前进!"

了却一桩心事,赵光义拿起另一份奏折,粗看几行便勃然大怒,掷奏折于地上。一旁的王临机心中大惊,小心翼翼将奏折拾起,道:"陛下,为何事如此动怒?"

"李至胆大妄为,忤逆圣意,三军已然出发,竟然还敢上书,让朕放弃北伐!"赵光义大怒道,"王临机,传旨,参知政事李至目疾发作,即日起改任礼部侍郎。"

"陛下莫要动怒,龙体要紧。"王临机劝慰道。

"尔等反对北伐,朕偏要北伐,还要御驾亲征,到时大军胜利还朝,朕看尔等如何自处!"

"陛下安排周详,北伐必将大捷,然陛下万金之躯,旧疾在身,还请保重,切莫御驾亲征。"王临机谄笑道。

赵光义心中一动,王临机所言,他岂会不知?大军北伐,朝中反对者众多,且前次北伐自己败军回朝,威信大跌,此次北伐自己若不御驾亲征,何以堵住悠悠众口,鼓舞三军士气?

王临机在一旁观察皇帝的反应,知道他并非真心御驾北伐。王临机心思转动,想到刚刚被贬官的李至,不禁抿嘴暗笑。李至既然极力反对北伐,那么反对陛下御驾亲征,亦在情理之中。

"陛下,不如下道旨意,称因为宰相李至等人力劝,以国体为重,不再御驾亲征。"

"如此也好。"赵光义说道。

## 3. 开局大顺

雍熙三年(986)三月初六,萧太后正在宫帐之中处理政务,耶律隆绪坐于一旁。萧太后手捧奏章暗叹一声,不停地放下奏章又拿起。

"母后,为何事哀叹?"耶律隆绪见萧太后叹气便问道。

萧太后关爱地望着那张面孔依然稍显稚嫩的幼儿,语重心长地说道:"绪儿,你是我大辽的未来之主,你要牢记,入主中原乃太祖的毕生心愿,亦即大辽的举国之愿。将来亲政之后,你要时刻以此鞭策自己!"

"母后,孩儿定当谨记于心!"耶律隆绪眼中散发出与平常孩子不同的坚毅神色。萧太后心中有种淡淡酸涩,但同时又颇感欣慰。

此刻,宫帐之外有人大声道:"报,幽州快马急报!"

"幽州?莫非宋国发兵幽州?"萧太后心中一动,急忙奔出宫帐。

"启禀太后,三十万宋军兵发三路,攻打幽云!"萧太后心中一沉,急诏群臣商议对策。

"诸位,南京留守耶律休哥发来急报,三十万宋军兵分三路,攻打燕云之地。宋军东路先锋李继隆于昨日击溃我边境戍兵,攻占固安,燕云告急,诸位有何应对之策,不妨直言。"面对百官诸将,萧太后沉声道。

危机笼罩,百官议论纷纷,纷攘不决。南院枢密使耶律斜轸站

## 六、杨业殉国

出班列,禀告:"太后,当务之急应派兵支援燕云,臣耶律斜轸愿赴疆场,击退宋军!"

"好!"萧太后大笑一声,既而肃容问道,"宋西路军潘美为主帅,杨业为副帅,你可敢迎敌?"

"杨业杨无敌?"耶律斜轸微微蹙眉道。他已隐隐听到身后大臣的怯敌之声,"杨业自雁门关大捷之后,威震塞北,辽人无不畏之,仅闻其名便肝胆俱丧。"

"正是! 将军意下如何?"

耶律斜轸稍作思索,坚定地说道:"边境告急,岂容怯敌? 太后,臣自当竭尽全力,击退宋军!"

"好,哀家命你率军增援云州,即刻出发!"

耶律斜轸转身离开,萧太后又叫住他,缓声问道:"你若遇见杨业,该当如何?"

"微臣此次出战,定取杨业项上人头献于太后!"

"错,应活捉杨业,为我大辽所用!"萧太后突然抬高声音。

耶律斜轸这才明白太后苦心,道:"臣谨遵懿旨!"

萧太后略作沉思道:"宣徽使蒲领听令,哀家立即派遣使者,前往各地征召诸部族兵马,增援燕京,由耶律休哥统一指挥,命他集中兵力抵御宋军东路。尔速往燕京城南大营,与耶律休哥协商御宋事宜!"

"臣遵旨!"

"慢,征召援军尚需时间,当务之急必须全力拖住宋军,等候援军。哀家即刻派出五千名御帐亲骑,驰援幽州,划归耶律休哥指

## 第三卷 幽云长歌

挥!"其破釜沉舟之心可见一斑。百官噤声,蒲领心中涌起一股豪迈之情,颤声道:"臣,领旨!"

"明日,哀家与皇帝祭告皇陵、祖庙,以及山川神祇,陛下即日御驾亲征,率军南下,屯驻燕京城北,以为诸军后援!"

宋军西路人马在雁门关整顿,不日就要出发。这天夜里,雁门关的月亮显得寒气逼人。月下城头,佘赛花望着杨业,深深吸了口气说:"夫君,此次出征幽云,能否让妾身相随?"

杨业坚定有力地回道:"夫人,此次出征我宋军志在必得。况且我与潘将军为伍,凡事可以互相照应。待我回军之后,再与你等团聚。"

"夫君,家中之事可放心。不知为何,我总有种不祥的预感。"

"夫人,你是多虑了。为夫每次出门你都是如此,可每次不都是好好地回来了吗?"

佘赛花拍了拍杨业袖口的浮灰,道:"总之,你在外征战要处处小心。夫君向来耿直,但有时也要懂变通之道。"

"夫人,我若不耿直的话,还是杨业吗?早早安歇吧,明日还要进军呢!"杨业说着便拥着佘赛花回营帐中去了。

第二日,宋军西路军入辽。一战击溃辽军,辽兵落荒而逃。宋军乘胜追击,到达寰州。辽国寰州刺史赵延章派出骑兵增援。潘美派军队包围寰州,杨业命令士兵将运送粮草之车连成大阵,步兵为掩护,自己亲率镇西铁骑埋伏于两侧。辽军骑兵远远望着宋军,尚不明所以之时,宋军步兵便凭借弓弩、重型车弩炮,以及重型投

## 六、杨业殉国

石机等远射程兵器,突然发起猛烈攻击。如疾风骤雨般的箭镞和火石弹燃烧着、呼啸着向辽军飞去,遮天蔽日。

辽军怒不可遏,战鼓震响,发起攻击,他们嘶声呐喊向宋军冲去。在密集的箭雨和火石弹攻击下,辽军如蝼蚁一般,死伤众多。此时,杨业大喝一声,身先士卒杀出,从两翼向辽军发起进攻。

一时间,双方数万骑兵弯弓射箭,挥舞长矛大刀,互相厮杀。三月的塞北高原上,风声凛凛,战马嘶鸣,士兵呐喊,战鼓震天。与此同时,宋军的粮草车阵之中,无数重甲步兵在骑兵与弓弩重炮的掩护下,挥舞着大刀、板斧与钩镰枪冲出车阵,杀入敌阵。重甲步兵上斩辽兵,下刺战马,一时间,辽国骑兵人仰马翻。

战场之上,刀箭无眼,宋军将士亦负伤无数。这时,杨业才发现自己身上挨了几枪,即使血染战袍,他也不顾伤痛,来回冲杀,挥刀杀敌。

"将军已负伤,请撤出战场!"手下将士不忍心,大声劝道。

杨业大笑一声,扯下血色战袍包住伤口,道:"契丹人祸我子民,焉能撤退?"说罢,一把推开将士,头也不回再次冲进敌阵。

恶战在浓重的硝烟味与血腥气中落下帷幕,辽军大部被斩杀,余者全部投降。三天后,寰州刺史赵延章迫于宋军压力,大开城门,投降宋军。翌日,西路军一部向朔州进发。

当天,曹彬率东路军主力进围燕京南面要地涿州,战况十分激烈。

## 第三卷　幽云长歌

"大帅,将军李继隆与范廷召皆中流矢,身负重伤,难以再战,不如先行撤退,来日再战?"崔彦进眼见宋军将领负伤愈多,恳切劝慰道。

"辽军渐弱,岂有撤退之理?"曹彬断然道。

崔彦进无奈,只得继续指挥将士攻城。辽军的箭雨如注,宋军投射的火石弹呼啸着向涿州城飞去。辽军踞城而守,占尽地利,不断有攻城的宋军身重流矢倒下。

见此情景,观战的曹彬不禁握紧拳头。士卒一个个倒下,涿州城依然坚固如铁桶,没有丝毫城破迹象。曹彬想到与其让士兵无谓牺牲,不如及时撤退,保存实力,来日再战。正待发令撤退,突闻士兵回报:"大帅,涿州城北门已破,大军攻入城中!"

曹彬愣怔片刻,随即仰天大笑,命将士全力攻入涿州城。

崇政殿内,赵光义批阅奏章时竟不禁露出笑意。三路大军兵发幽云,近日来捷报连连,除曹彬东路军兵行过快之外,三路大军尽在他掌握之中。前不久,被罢去副宰相的李至上书三策,赵光义采纳上策,借机称自己不再御驾亲征,仅用作战阵图及心腹监军遥控指挥北伐。

这时,赵光义看到了赵普的奏疏,心情变得沉重。他觉得赵普杞人忧天,如今宋军气势正旺,连连告捷,会有何变数?便转手扔下赵普的奏疏。这时,王临机奔入殿中。

"陛下,恭喜陛下!"

赵光义微蹙眉头道:"如此匆忙,何喜之有?"

王临机看出皇帝有稍许不满,趋步上前,笑道:"恭喜陛下,前

## 六、杨业殉国

线再传捷报,东路军攻克涿州!"

"攻克涿州?"赵光义讶异道,同时眉头蹙得更紧。

王临机不明所以,只知攻克涿州乃大功一件,便继续笑道:"正是,东路军攻克涿州,前锋逼近幽州!"

"逼近幽州?"赵光义难以置信地重复一遍,顿时坐立不安。他心里忽然想到了赵普的奏疏,那"兵久生变"四个字映入脑海。

西路军才刚刚攻克寰州和朔州,中路军还未拿下飞狐,更毋庸说蔚州,东路军此时竟已攻克涿州!三军出发之后,赵光义屡次提醒曹彬应持重缓行,吸引辽军主力注意,等待西路军与中路军大捷之后再合力攻打幽蓟,不想曹彬竟然如此迅速地攻下了涿州。涿州乃幽州之南大门,地理位置上仅相距一百二十余里。如此之近,难保不出什么变故!必须尽快传旨,命曹彬固守涿州,待西路军与中路军夺取既定目标,与其会合,才能合力攻打幽州!

王临机发觉不对,内心忐忑地望着皇帝,正欲开口询问,却听赵光义急声道:"来人,拟旨!"

中路军在主帅田重进的率领下,于三月初九出飞狐道,斩杀辽军数百人。宋军兵至飞狐北界,遭遇前来救援的辽军悍将、西南面招安使大鹏翼。

大鹏翼以勇战闻名边境,在辽军中颇具威信,他率骑兵数千来援,冒充两万。骑兵善于平地作战,田重进在部将袁继忠与谭延美的建议下,扬长避短,列阵于山麓,迎战大鹏翼。双方激战数回合,胜负难决。时近黄昏,指挥使荆嗣率勇士攀登山崖,用刀斧等短兵器斩杀辽军百余人,辽军溃逃。荆嗣乘胜追击五十余里,顺势攻下小冶和直谷两座兵寨,并屯守直谷。

几日后,辽军再次进逼飞狐,兵势嚣张,田重进无奈之下,急命荆嗣退守回援。不想,荆嗣刚一撤出直谷,辽军便趁机围困直谷、石门二寨。

田重进得到消息,略作沉吟,而后问道:"吾欲让尔部率先前往救援,大军随后即到,汝意下如何?"

荆嗣所率仅五百人,寡不敌众。心中犹疑之际,荆嗣突然想到屯守小冶寨的谭延美部,说道:"谭延美部正屯守小冶寨,统兵两千,吾愿自小道前往联络,请其策应。"

荆嗣答应前去救援,田重进便点头道:"如此甚好!"

荆嗣得到田重进首肯,立即前往小冶寨,向谭延美说明来意。谭延美惧怕辽军气势,问道:"敌势如此,如何抵挡得了?"

荆嗣早已心中有数,坦言道:"汝莫要担心。汝部全军于平川上列队树旗,别遣两三百人执白帜于道侧,我率所部五百人疾驱前往,彼见旗帜绵亘甚远,便将疑大军继至,敌虽众,可破也。"

谭延美听其言,当即称善。

会战当天,谭延美于平川之上列队树旗,双方大战数个回合,辽军数千人竟不能战胜荆嗣区区五百人。不久,辽军溃逃,数千人阵亡,辽军大将大鹏翼与监军马赟等千余人被俘。

几日后,中路军拿下飞狐城,再传捷报。与此同时,李继隆于涿州城南大战辽军,歼敌千余人,斩辽将西宰相贺斯。

曹彬大喜,欲上奏朝廷,然李继宣为大将李继隆之部将,曹彬

## 六、杨业殉国

乃召李继隆谓曰："贺斯乃辽西部宰相,被我军斩杀实为大功一件,李继宣乃尔之部下,吾欲居功于尔,尔意下如何?"

李继隆当即断然道："主帅好意,末将心领之,然贺斯乃末将部将所斩,理应闻于天听。主帅,末将有一事不明,不知当讲与否?"

曹彬心性仁厚,虽为主帅,然军中将士皆不甚惧之。如今李继隆言辞谨慎,曹彬不免心中警惕,笑道："将军磊落,实乃三军之福。将军有话,不妨直说。"

李继隆坦言道："我军十万之众,屯守涿州,现幽州即在眼前,辽援军未至,主帅何不趁机挥军北上,攻破幽州?"

曹彬心下一动,东路军自出雄州,大破岐沟,强攻涿州,势如破竹,乘势北取幽州不是不可,然而皇命难违。曹彬无奈感慨,当即劝慰道："大军作战,皆按照陛下阵图所载,不可有丝毫出入。此次北伐,东路军第一要务为吸引辽军主力,为中西两路大军争取时间,且东路军乃开国所剩无多之精锐,陛下担忧东路军孤军北上受损,命我等在此等候其他两路大军,实乃周详之举。"

皇帝之意,李继隆岂会不知?然夺取幽州之最佳时机就在眼前,怎能错过?且中西两路大军捷报不断,东路军固守涿州,无功可建,身为武将,此乃大忌。

李继隆道："主帅,拖延时日,若辽援军到达,夺取幽州便难上加难。且我军粮草在后,时日愈久,末将恐怕陡生变故。"

李继隆言辞恳切,曹彬却只能感叹道："我大军兵发突然,辽援军一时难至。皇命难违,将军莫再出此言!"

## 4. 惊天巨变

幽州城内,耶律休哥坐在案几之前,借着昏黄的灯光查看各州传来的战情,心中愁闷,坐立不安。宋西路军接连攻占寰州、朔州、云州以及应州,中路军攻占飞狐城以及灵丘县,直逼蔚州。幽蓟之地形势危急,兵力尚且不足,萧太后却不得已派兵马守备平州海岸,防备宋军。

连日来,耶律休哥白天派出精兵虚张声势,疲惫宋军。为避免宋十万大军不日攻城,耶律休哥毅然决定,将率领先前来支援的五千御帐亲骑,绕道宋军背后,断其粮道。

"报,大王,前线来报!"

耶律休哥连忙起身道:"胜败如何?快传!"

话音刚落,一名满身鲜血、气喘吁吁的兵士被搀扶进来。

"战况如何?"耶律休哥趋身上前,急切问道。

"大王,我军遭遇宋军米信和李继隆所部,战败!"兵士虚弱地说道。

耶律休哥心中一沉,眉头紧锁,面色阴沉,过了半晌,沉声道:"细细道来。"

兵士不敢犹豫,颤声道:"启禀大王,大军出发后分部行进,我部绕道宋军背后,于新城东北遭遇运送粮草的宋将米信。战不多时,我军便被宋军击败。后我部与其他各部会合,重新进攻宋军。米信部仅率龙卫精兵三百骑,被我军团团围住,接战不支,死伤大半。时天色将晚,米信虽作战骁勇,但寡难敌众,眼见就要全军覆

## 六、杨业殉国

没,不料宋军李继隆突然来援,大败我军。"

耶律休哥眉头渐渐舒展,脸色转好。话音刚落,耶律休哥笑道:"尔等虽败,然先胜之,宋军粮道已遭断毁。本王会再派军士扰其粮道,如此,宋军军心必受其扰,真乃天助我也!本王明日便奏报太后,我军大捷!"

兵士不明所以,但听奏报大捷,顿时长舒一口气。

燕云十六州居民皆为汉人,生活艰难。曹彬率东路军占领涿州,百姓欢呼雀跃。为感谢宋军解救城中百姓于水火,城中名望老者商议决定,举行社火游行庆贺。社火当天,锣鼓喧天,爆竹声声,狮腾龙跃,人山人海,军民齐乐。然而,城内喜悦的气氛尚未散去,涿州居民便被深深的震惊所笼罩。

"将军不能走!吾等在此等候大军五十年,终于等到今日,将军岂能置百姓于不顾,弃城而走?"一位白发老者拦在曹彬马前,感慨泣声道。

曹彬望着满街百姓,心中为难不已。十万大军占领涿州二十余天,粮道却被辽军截断,如今涿州城外无援军,只能暂时退出涿州。曹彬翻身下马,怆然道:"本将无能,辽军截我粮道,十万大军即将无粮可食,弃城而走,亦是无奈之举,还望老者见谅!"

老者当即不再阻拦,起身却道:"将军,城中军民饱受辽人欺辱,尔等若去,辽人必再次来犯,到时生灵涂炭,吾等何以活命?将军若是不弃,吾等愿随将军同去!"

老者话音甫落,满街百姓纷纷跪倒,齐声道:"吾等愿随将军

## 第三卷 幽云长歌

同去!"

老少妇孺黑压压跪倒一片,泣声不断,曹彬感慨不已,万般不忍也须硬下心肠,道:"诸位请起,大军撤退只为一时之避,诸位跟随大军撤退实属不便。本将答应诸位,来日大军定会重返涿州,还诸位一个平安世道!"

"将军此话当真?"老者颤声道。

"当真!"曹彬道。

策马出城,望一眼涿州城门,曹彬暗下决心,不仅涿州,等到三军会合,他还要率军直捣幽州!

耶律休哥得知宋军撤出涿州,大喜过望,即刻派出骑兵骚扰宋东路军,同时等待援军到达。萧太后得到战报,即刻派出使者前往阵前犒赏三军,并且调整作战部署,调集兵力抵抗宋中、西两路大军。

"粮道被截,撤出涿州?"赵光义用力握着战前送来的奏报,咬牙切齿道。

"若非曹彬急功冒进,过早攻下涿州,中、西两路大军一时无法赶去会合,岂会出现如此困境!粮道被截?若非大军主力行军过快,粮草岂会供应不上!"赵光义气愤之余,命太监迅速展开作战阵图,筹谋大局。除东路军冒进之外,西路军在潘美的率领下已顺利攻下寰州、朔州、云州和应州,中路军亦向蔚州进发,一切都在按照计划行事。

"来人,速速传旨,命曹彬率军南还雄州,与米信部会合,养精

## 六、杨业殉国

蓄锐,等待中、西两路大军支援,切记,莫要往返奔波,令大军疲惫!辽国面对三十万宋军,必定会在全国范围内点籍招兵。然辽国地域辽阔,若要召集契丹、渤海、女真、室韦、奚人等北方游牧民族青壮年,并赶至幽蓟之地,至少需要三个月时间。我军应趁此拿下幽州!"

开战至今方一月有余,想到宋军还有两个月时间,赵光义不禁大松一口气。

四月中旬入夏不久,天气酷暑难耐。傍晚时分,宫帐之内似蒸炉,萧太后便与韩德让出帐,在微风徐徐中惬意地散步。耶律隆绪在不远处骑马射箭,不亦乐乎。一队骑兵正快马加鞭,赶往辽军大营。

幽州城外的落日与草原的落日相比,终究不那么壮丽,却也多了几分秀美。萧太后非常享受此刻的光景,似乎一切都抛在九霄云外,即使是朝堂内外非议她与韩德让的关系,即使是垂帘听政引起的争议,此刻都是云烟。只身南望中原,那里有太祖耶律阿保机的心愿,也有她的梦想。

"母后!"耶律隆绪小跑过去,向萧太后与韩德让深深一礼道,"母后,宋辽开战月余,我方援军何时可到?"

萧太后帮他擦去额头上的汗珠,笑道:"若是母后所料不差,最多一月,援军便可到达。"

"如此之快?"耶律隆绪讶异道。

一旁的韩德让笑道:"陛下莫要忘记,我辽国多为游牧民族,马

## 第三卷　幽云长歌

背上的子民,亦擅马上作战。青年壮士一旦接到征令,便可立即打马而来!"

"正是!"萧太后补充道,"如今宋东路军南撤,暂时不会北攻,我们可静待援军。待援军到达,必使宋军落荒而逃。"

萧太后话音方落,只见一名骑兵冲进辽军大营,气喘吁吁,跌落马下,对扶住他的士兵说道:"快,禀报太后,宋东路军渡过拒马河,意欲攻打涿州!"

赵光义接到曹彬的请兵奏疏勃然大怒,奈何大军已发,只得压制怒气,重新拟定作战阵图并严令曹彬必须严格按照阵图作战。

时至晌午,酷暑难耐,宋东路军将士中暑者甚多。副帅崔彦进忧虑不已,进言道:"大帅,军中多人中暑,莫若……"

"副帅莫要多言,一切按照陛下作战阵图执行!"曹彬打断道,转头紧紧地咬着嘴,焦灼地望着帐外的士兵。

崔彦进无奈地退下,不知曹彬有苦难言。曹彬心知肚明,皇帝此举,无非要东路军稳扎稳打,保存兵力,等候援军到来再攻打涿州。但如此行军,太过迟缓。自己前几日自作主张,出兵北上,惹怒皇帝。皇帝三令五申,命他严格按照阵图作战,又有随军监军时刻监视。此时,他想到行事若与阵图有丝毫出入,便有抗旨之嫌,不由得哀叹一声。

耶律休哥得到宋军情报,再次坐立不安。辽援军未到,曹彬却再次兵发涿州,但天助大辽,宋东路军竟然行进迟缓。这是上天赐

## 六、杨业殉国

予大辽的二十天,有此时日,辽援军必将到达战场。耶律休哥心中激动难平,斟酌半晌,随即下令道:"来人,传本王命令,涿州守军放弃涿州,诱敌深入,撤退前带走城中所有粮草,并填死全部水井!同时,命耶律斜轸即刻率五万精锐骑兵火速出击,绕道宋军背后,断其粮道!"

按照皇帝的阵图,宋东路军整整行军二十余天,将士所携带的预备粮草不过五十天,加上路上耗损,宋军再次面临粮草危机。就在将士们寄希望于后备粮草之时,耶律斜轸率五万精骑,一夜奔袭百里渡过拒马河,突然出现在宋军背后,出其不意偷袭了护卫粮道的米信所部两万宋军。米信所部几乎全军覆没,仅主将侥幸逃出,全部粮草物资尽被焚毁,大火连烧一天一夜。

粮道被断,宋军腹背受敌,曹彬无奈,只得命大军撤出涿州。涿州父老再次阻止大军撤退,曹彬有言在先,便团聚城中老幼,取道狼山南撤。时天降暴雨,道路泥泞不堪,百姓携家带口,行路不便,宋军将士艰难跋涉,士气十分低落。

然而,宋军将士不曾想到,更大的危机正在等待他们。就在他们缓步开赴涿州之时,辽国三十万援军已到达战场,比赵光义预计的时间整整提前一个月!

五月初三,宋东路军主力在岐沟关北遭遇辽军,四面被围。二十五万辽军铁骑遍布山野,宛若铺天盖地的黑云,压得宋军将士喘不过气来。深深的恐惧与绝望,笼罩在每一个疲惫不堪的宋军将士心头。曹彬望着满山的辽军,心中充满无奈与悲凉。战马嘶鸣,辽军呐喊，挥舞着钢刀向宋军发起攻击。

曹彬见此情形，对所部将领说道："传我将令，将仅有的粮草车围成大阵，以车阵为依托，用弓箭攻击辽军。"

如此血战了一天，两军相持不下。是夜，曹彬召集米信等人商议："我宋军如今被围在这岐沟关内，虽然暂时有战车屏护，但也不是长久之计。依我看，今夜趁敌军稍有松懈之时，我军秘密突围。只要能回到雄州，补上粮草，再与契丹决战不迟！"

米信、李继隆等人如今也别无他法。

月黑风高，宋军紧急突围，大军刚刚杀了一通，逃至拒马河，耶律休哥便率兵追到。宋军毫无准备，只能束手待毙，辽军冲入宋军阵中如入无人之境，斩杀宋军宛若砍瓜切菜，无数士兵惨叫着跌落河中，血染河水。仅拒马河一战，宋东路军主力伤亡超过三分之二，曹彬、米信率两万余残部，拼死突出重围。曹彬等人仅逃到沙河，便被辽军再次赶上并围歼。宋军将士心理崩溃，跳入沙河淹死者就有一半之多。

东路大军全军覆没。消息传至汴梁，赵光义惊骇愤恨，满朝哑然。曹彬、米信等主将被皇帝召至汴梁，押入大牢。

辽军岐沟关大捷，形势彻底逆转，举国大喜，萧太后移驾幽州，封赏有功将领。耶律休哥功不可没，被封为宋国王。

## 5. 杨业之死

王临机担忧地望着呆呆发怔的皇帝，心中焦急却不知如何是好。东路大军几乎全军覆没，兵败已成定局，这几日皇帝心情低

## 六、杨业殉国

落,时常晕厥。

王临机担心皇帝受了魔怔有损身心,鼓起勇气,小心翼翼地唤道:"陛下,陛下。"

发怔的赵光义这才回过神来,随即起身在殿中缓缓踱步。三月大军始发之时,赵普曾上疏问及北伐之事,字里行间透出反对北伐之意,时赵光义北伐之心坚若磐石,便对赵普的上疏置之不理。如今不忍回顾。

赵普在奏疏中提道:"窃虑邪谄之辈,蒙蔽睿聪,致兴无名之师,深蹈不测之地。"此言无疑给焦头烂额的皇帝找到了台阶与替死鬼。他沉思半晌,决定回复赵普奏疏。

宋东路军溃败,辽军反扑势若破竹,前期所收复的蔚州、灵丘、飞狐等地相继失陷,赵光义急命中、西两路大军迅速回撤。宋军全线溃败,前期战果相继丧失。赵光义心想,若是将寰、朔、云、应四州居民内迁中原,解救各州民众于水火之中,也不至于一败涂地。主帅潘美急遣杨业接应。

时杨业与主帅潘美、监军王侁,以及团练使刘文裕商议撤军之事,他们审时度势,设计声东击西之法,使宋军安全护送百姓南撤。

杨业提出:"各位将军,我愿率一支兵马攻应州,吸引辽军主力,云州与朔州居民便可借机而撤。朔州之南石碣谷地形险要,易守难攻,可于谷口埋伏三千弓弩手,阻击辽军,如此,便可保全各州居民安全南撤。"此举可谓深思熟虑,主帅潘美连连点头,监军王侁却满脸不屑,冷眼以对并讥讽道:"尔身为大将,领数万精兵却怯懦如此！当驱雁门北川中，鼓行而往马邑。"团练使刘文裕更是唯王侁马首是瞻。

王侁道："马邑位于朔州之东，我军应大张旗鼓与辽军作战！"在杨业看来这纯粹是自寻死路，然而，刘文裕率先附和道："王将军说得极是，马邑乃是敌军要害。"

杨业不吃他的激将法，言辞恳切地说道："不可，此必败之势也！"

王侁冷笑道："君之策避敌不战，便为必胜之策，吾之策扬我军威，便为必败之策？君平素号称'无敌'，今日见敌却怯懦不战，莫非有他志乎？"

杨业心中悲愤，不觉血气上涌。自降宋以来，皇帝待他甚厚，他亦忠心耿耿，一片冰心，王侁怎可如此污蔑他？想到保民众安全撤退乃当务之急，于是他压制怒气，将目光转向主帅潘美，希望他出言解围并采纳自己的作战方案。潘美却将目光移向别处，默然不语。杨业心下了然，便不作强求，慨然长叹一声："业非贪生怕死之辈，只因天时不利，如此而为，必使将士徒增伤亡。也罢，既然君等责备业不能以死报国，业当先于君等死耳！"

杨业站起身来，对着东京方向作揖说道："以死报国，乃为将之本分！"

"君莫欺人……"王侁不屑，杨业双拳紧握，怒目而视。他克制怒气，转向一直沉默不语的潘美，无奈地说道，"业此行势必不利。业本太原降将，蒙上不杀，宠以连帅，授之兵柄，业感恩不已。今日业非纵敌不击，实欲等候时机，立尺寸之功以报国恩。然君等以业

## 六、杨业殉国

贪生怕死,业自当出兵迎敌,以死报国,自证清白!"

潘美当即叹息道:"将军……"

"无须多言。"杨业打断他,以手遥指陈家谷方向道,"业此去凶险,望诸君于此地设步兵强弩,分左右两翼相援,待业转战至此,君即出兵夹击,施救业部。不然,业所率兵士必死无疑。"主帅派兵救援在情理之中,潘美便当下答应。

骑上战马,盔甲已被这深秋的露水打湿,比往日更凉。杨业拍了拍战马,望了望家国的方向,深吸一口气道:"将士们!为我大宋打江山!誓死不归!"一声令下,策马扬鞭率大军直奔战场,激战后却被围狼牙口,寡不敌众,一路且战且退,向陈家谷行进。一直杀到日暮,方才赶至陈家谷,部下士卒仅剩百余人。杨业率领残兵等待着一线生机——王侁在陈家谷的伏兵。到了陈家谷,杨业在战马上大喊:"我们来了!同我杀敌去!"马蹄越近,整个战场却越寂静。杨业挥手举起长剑,仰天长叹,悲恸异常。

杨业仿佛看到了在这里发生的一切。

早晨,陈家谷。王侁小憩醒来,陈家谷附近一片死寂。望一眼黑漆漆的远方,王侁继续闭目养神。朝阳东升,天色大亮,王侁伸了伸懒腰,自己率军自寅时设伏,眼见即将巳时,却依然未见辽军身影。

他心想莫非杨业已将辽军击退,又立大功一件?不行,杨业屡立大功,自己不可于此地干等!心思转动,王侁将身边一名士兵派出,命其前往附近山上瞭望。士兵回报前方未见任何动静,王侁当即命令道:"传令下去,撤出陈家谷!"

一直焦急望向前方的潘美听到王侁撤兵,连忙劝阻道:"监军,杨将军未到,不能撤兵。"

王侁哪里肯听,断然道:"杨业此时未归,必大破辽军,我等无须再等。撤兵!"说罢,王侁便率本部兵马撤离陈家谷。

潘美无奈叹息,见王侁兵马已撤,也只能跟着撤出。大军向西南而行二十余里,突然接到探子来报,杨业兵败被围。潘美心中大骇,欲发兵支援,却后悔没有埋伏于陈家谷,否则尚可一战。如今再去,自己所部也可能伤亡惨重。西路军处于撤退之关键时期,若是轻举妄动或生变故,不利大局。思虑再三,潘美最终痛下决心:"大军听令,迅速后撤!"

前无援兵,后有追兵,杨业深知败局已定,策转马头,看了一眼部将以及与自己奋力赶至陈家谷的百余名兵士,心中涌起深深的惭愧。杨业叹息道:"汝等皆有父母妻儿,与业战死,于事无益,不若分散逃去,待敌军去后,还可上呈天子此战经过。"

"将军,贵愿与将军同生共死!"老将王贵当即坚定道。

身后传来杂沓的踏马之声,辽军铁骑将至。

杨业看着那一张张满是血污却神情坚定的面孔,慨然笑道:"有兵如此,业死而无憾。如此,吾等便与辽军死战到底!"

"死战到底!"视死如归的宣誓声震彻苍穹,百余兵士宣誓完毕,在杨业的带领下,回身冲入辽军阵中血战! 老将王贵冲锋向

## 六、杨业殉国

前,射杀数十辽人,辽军犹如狼群死死围住王贵。箭射完后,王贵用自己所有的力气挥舞空弓,厮杀到底,辽军百支枪一起插入王贵身体,顿时,王贵倒在乱枪之下。

杨业远远看到,大吼一声,弯弓射箭,呼啸的利箭飞驰而去,一箭射穿两名辽兵。宋军之败势宛若大厦之倾覆,迅疾猛烈。宋军兵士纷纷战死,这边王贵刚刚死于乱枪之下,那边杨延玉便身中数箭而亡。杨业悲愤不已,策马欲救,不想战马却被枪矛所伤。杨业无奈,当即下马往密林中匿避。

此时辽将耶律奚底见有机可乘,当即紧追不舍,一箭射中杨业,杨业被擒。

萧太后命耶律斜轸招抚杨业,如今看来,此举难于登天啊!耶律斜轸思前想后,再次来到关押杨业的大帐。眼见这硬汉身中数箭,多处刀伤已有腐烂的迹象,被俘之后,他一直拒绝接受治疗。杨业坐在那里虚弱不堪,神采尽失,无力与耶律斜轸直视。

耶律斜轸上前轻叹一声,劝道:"汝与大辽角力三十余年,将军威名,吾佩服之至。为将之人,无非建功立业尔,将军何故如此?"

杨业神采虽失,然风范尚在,叹息道:"朝廷待业甚厚,本当讨敌安边,以报国家,不料被奸臣所逼,致使王师败绩,业还有何面目苟活于此!"

耶律斜轸作揖道:"将军义气之人,可否为我辽军参谋,我大辽愿恳请将军辅佐。"

杨业斥责道:"我为大宋战将,再多语我定死于这剑下!"

## 第三卷　幽云长歌

耶律斜轸退出了营帐。

翌日,耶律斜轸接到手下汇报:"杨业在辽国大营中,绝食三日而亡。"

杨府内,佘赛花正端着茶杯,心头忽然一惊,茶杯摔倒地上,她起身走到雁门关上望着北方。这时,传信兵上气不接下气地跑到城头,佘赛花急忙问他:"我夫君如何?"

"启禀夫人,杨将军,杨将军……"传信兵悲戚地说道。

"快说!"

"杨将军誓死不降,绝食而亡!"

佘赛花听罢,强忍着泪水,对属下说道:"杨将军一死,辽军必来犯我雁门关。众将士要悉心备战,以防辽军来袭。"

众将士都跪倒于地,也强忍泪水不发,心中如刀绞一般。

驻守云应等各州将士得到杨业死讯,纷纷弃城南逃。宋军北伐前期所占州县,尽皆丧失。

# 七、齐贤却敌

## 1. 君子馆之战

这日天气炎热,耶律隆绪弯弓搭箭,瞄准"猎物",一滴汗珠自额角滑至眼角,手中的箭倏地射出,箭尖带着迅疾的破风声呼啸而去,只听"啊"的一声惨叫,一名衣甲破烂、面色惊惧的宋军士卒应声倒下。耶律隆绪冷静地拭去额角的汗水,再次弯弓搭箭,一箭,两箭,三箭,箭无虚发,不远处惊恐失措的宋军俘虏宛若困兽,一声声惨叫之后倒下。不一会儿工夫,十余名宋军俘虏便尽被射杀。一旁的侍从也跟着鼓掌欢呼。欢呼之后,他便有些索然无味地扔下弓箭,略作思索,朝萧太后的宫帐走去。

宫帐之中,萧太后正在与军中将帅商量战事。耶律隆绪童心大起,绕到帐后躲起来偷听。

"太后,我军大败宋军,势如破竹,加之日前杨业被擒,宋军士气大跌,正是我军大举伐宋之时,望太后速作决断。"

"入主中原乃我大辽举国之心愿,然时值盛夏,天气炎热,不利行军,哀家心中自有打算。"

耶律隆绪听到此处,心想:若是母后同意大军继续南下,我也要领军作战,驰骋沙场,斩杀宋军!耶律隆绪心思转动间,萧太后对帐外呼喊:"绪儿,进来。"

"又被发现了!"耶律隆绪叹口气,走入帐中。见萧太后脸上挂着淡淡的嗔笑,他立即乖巧地笑道,"方才耶律将军所言,母后为何不允?"

萧太后摸摸他的头,当即收敛笑意,肃容道:"绪儿,莫要忘记母后之前所说,我大辽入主中原乃迟早之事,须作长久打算。眼下宋军虽遭重创,然我军亦伤亡不小,时机未到,不可草率出兵!母后会命宋国王耶律休哥准备器甲,储存粮米,待到秋天风高气清,弓劲马肥之时,再大举南征!"

赵普一遍遍看着手中的圣旨,感慨不已。皇帝手诏之中详述北伐方略与意图,出兵实因"念彼民陷于边患,将救焚而拯溺,匪黩武以佳兵"。赵光义自觉谋划万全,无奈将帅等不遵成算,各持所见,致使军士疲乏,为辽军所袭,溃不成军。

"大人,为何事叹气?"王继英担忧地问道。连日来,赵普经常反复翻阅皇帝的手诏,时而感慨叹息,时而激动不已,时而坐立不安。赵普二次罢相,被贬京外,身边随从不多。王继英初虽为区区笔吏,然对赵普忠心耿耿,患难见真情,赵普对他颇为信任。赵普望着王继英,沉声说道:"杨业一死,北伐败局已成,辽军必将南侵,边陲百姓再遭涂炭,老夫心中不忍!"

## 七、齐贤却敌

"大人忧心百姓,上天可鉴,但要保重身体,不可忧思过度。大人,下官有一言,不知当讲不当讲?"王继英深有意味道。

"继英,你我之间何须顾虑,有话不妨直言。"

"大人,古语有云,时势造英雄,如今陛下北伐大败,下官不才,窃以为此即为时势。"王继英小心地说道,同时密切注意赵普的反应。

赵普心中一动,王继英所谓"时势",他岂会不知?时势造英雄,英雄者,不单是幸运者,更是关心时势者。此前上疏皇帝,赵普关心朝局时政之心可见一斑。

太平兴国八年(983),二次罢相离京之时,赵普曾对当时的宰相宋琪表示,自己此生无法报答皇恩,但求来世为皇帝效犬马之劳。

王继英一语点明:"您心忧天下,希望有一番作为,而要有所作为,您就必须掌握权力。然被贬谪出京,何以为大事?"赵普心中顿时敞亮许多,但他也明白,时势虽到,却非时机。当今陛下意欲建不世之功,北伐虽败,战争不息,陛下不会就此甘心,野心勃勃势如破竹的辽国大军也不会就此罢休。

皇帝在手诏之中并未问计于赵普,只是顺水推舟走下了赵普铺的台阶。赵普深吸一口气,自己的时机何时方能来临?

这日,宋庭朝议。赵光义已经焦头烂额,辽军随时有南下的可能,不得不作出应对。

宰相李昉站了出来,道:"北伐大事,关乎国运。陛下竟不曾与

# 第三卷 幽云长歌

中书省会谋,方有今日之败!"

"朕自知北伐时未曾知会中书省,然则胜负之事孰能料定?倘若北伐将领按照朕之计策,东路持重缓行,吸引辽兵,中、西路相机而动,如何会有今日之败?"

此时,在场的曹彬早已羞愧难当。想想自己戎马一生,一世英名却毁在这最后一战上,不由百感交集。

赵光义接着说:"曹彬冒失轻进,违诏失律,累我三军,贬为右骁卫上将军;米信不遵部署,别道劳军,贬为右屯卫上将军。潘美西路军大败,贬为校检太保,然则此时正是用人之际,朕仍命你领所部兵马镇守三交口。"

潘美俯首道:"谢陛下隆恩,臣自当将功补过!"

"王侁、刘文裕,你二人战时不察大局,折损我一员大将,罪无可赦,王侁配金州,刘文裕配登州。"

赵光义将北伐失利之责归咎于几位将领,李昉等人也无话可说。又道:"今日朝议休要再提兵败之事,当务之急是如何防御辽军继续南侵。朕命张永德知沧州,宋偓知霸州,刘廷让知雄州。李继隆在北伐途中,率所部劲旅成列而还,现擢升为侍卫马军都虞候,中路军主帅田重进尚无败绩,擢升为侍卫步军都虞候。"

散朝之后,赵光义再次绕过中书省,将枢密院诸位官员召集至崇政殿问话:"诸位爱卿,杨业为国捐躯,代州知州一职暂时空缺,如今边防危急,何人可任此职?"

北伐各路军安全撤回的大小将领,他皆已将他们派往边防各州驻守,然代州知州一职颇为重要,若辽军来犯,代州首当其冲。

## 七、齐贤却敌

代州知州人选,赵光义尚在斟酌之中。

众官员听得皇帝此言,面面相觑。古时中原长城要塞有九,即雁门关、居庸关、八达岭、紫荆关、楚长城、黄草梁、井陉关、句注塞、平靖关,九塞之中,雁门居首。而这雁门关,便位于代州。

皇帝此言,一为让众官员推荐可用之人,二为官员自荐。然代州知州一职,且不论其地理位置之重要性,单其前任知州杨业,便足以让众人望而却步。杨业既败,何人敢守?

"陛下,臣愿为代州知州,请陛下成全!"

说话者语声坚决,掷地有声。赵光义心中一喜,循声望去,待看清说话者为何人时,心中喜悦顿时消减大半。原来说话者乃枢密直学士张齐贤。张齐贤向来主和不主战,七年前,赵光义初次北伐之时,张齐贤就曾反对出兵。如今二次北伐失利,张齐贤此时跳出来,无疑是在提醒皇帝不擅听纳谏,比李昉诸人的言辞批判还要令人难堪。

赵光义不禁微皱眉头,代州知州人选,他考虑过许多人,却独独未考虑张齐贤。

"张齐贤,你一介书生,出任代州,可知肩上责任?"赵光义敛容问道。

张齐贤伏地叩首,拱手答道:"身为臣子,应为陛下分忧;高居庙堂,当为百姓解难。边防危急,臣岂能安居京城,置百姓于不顾?臣愿前往代州,抵御辽寇,靖我边防,望陛下恩准。"

赵光义再看向两边,其他人面面相觑,并未提出反对意见,看来他们没人愿意领这份苦差。

## 第三卷 幽云长歌

"好,张齐贤,朕就让你出任代州,此番务必旗开得胜!"赵光义知张齐贤有治国之能,却不知张齐贤治军如何。

雍熙三年(986)七月,赵光义授张齐贤给事中、代州知州之职,与都部署潘美共同统率边境军队,潘美率主力大军驻守并州与三交口,张齐贤统领代州兵马。

一如赵光义所料,是年十一月,辽军大举南下。辽国萧太后亲自挂帅,宋国王耶律休哥为前锋都统,兵发三路,西路军攻打代州,中路军与东路军自幽州出发,分别攻打满城、望都与瀛州。

赵光义已做好迎战准备,只待辽军到来,与其决一高下。两次北伐皆以失败告终,朝野上下非议不绝,他急需一场胜利来抵御舆论,挽回颜面。

然辽军虽发,前期却只有东路军与宋军进行小规模作战,战争之势不温不火。萧太后此举无非出于谨慎考虑,意在试探宋军实力,但连吃败仗的赵光义却有些按捺不住,思虑再三,他命令瀛州都部署刘廷让率军攻打幽州。刘廷让亲自率兵数万,以贺令图为前锋自河北东部北上,扬言攻打幽州。

耶律休哥得到消息后,与帐下将士谋议:"如今宋军已经无力攻取幽州,此来不过是虚张声势。但贼军势大,亦不可小觑。速报太后,请得一支援军。我在前军与敌将周旋。"

"报将军,辽将耶律休哥书信一封。"

贺令图正在帐中歇息,马上翻身坐起,说道:"速速呈于我看!"

## 七、齐贤却敌

打开书信一看,上书:末将耶律休哥久闻将军英名,乃大将贺怀浦之后,无缘得见,甚为憾事。末将屡立战功,然那韩德让嫉贤妒能,在朝中进谗,言余功高震主,如今已见罪于萧太后,恐不久将有杀身之祸。末将欲投宋久矣,然苦无良门,望贺将军代为引荐。若能成功,将军对末将有再造之恩。耶律休哥谨拜!

贺令图接到耶律休哥书信,大喜过望,手捧书信,不禁微微颤抖。耶律休哥乃辽国大将,不仅屡次大败宋军,甚至赵光义腿上的箭伤也出自他手。若是能招得他投降大宋,不仅能鼓舞宋军士气,于国有利,自己也会立大功一件。

贺令图当即回信,表示愿意接受耶律休哥降宋。为表诚意,还向耶律休哥送去贵重礼物。

不久,耶律休哥提出欲面见雄州知州,贺令图欣喜若狂,立即率领帐下数十骑人马,出城迎接耶律休哥。

虽已是寒冬腊月,天气阴寒,然贺令图坐于马上,打马扬鞭向辽军大营奔去,颇有春风得意马蹄疾之感。贺令图一行人一路畅行无阻,于耶律休哥大帐前翻身下马。听辽军兵士回报耶律休哥正在帐中等候,贺令图起先还有些不满,自己前来招降,对方竟然未出帐迎接,但转而想到辽人乃蛮夷之族,不懂礼节也属情有可原,便不再计较,大踏步向大帐中走去并大笑道:"耶律将军,有朋自远方来,主人何在?"

贺令图走入帐中,帐中两侧站满全副武装的兵士,耶律休哥侧躺于胡床之上,哪有半分待客之道?贺令图心中顿时警觉,此时方才怀疑耶律休哥投降有诈,不禁面色惨白。稍顿心神,贺令图喝问

## 第三卷 幽云长歌

道:"耶律将军,贺某依约前来招降,尔等如此,意欲何为?"

"意欲何为?"耶律休哥嘲讽地笑道,"汝贪功无谋小人,本王岂会投降于汝?汝一向自称善营边事,今日此来,无非送死!"

耶律休哥话音方落,两旁兵士迅速上前,斩下其两名贴身兵士头颅,并将贺令图拿下。大帐之外,随同贺令图前来的数十骑人马相继被斩杀。贺令图悔恨不已,然为时已晚。耶律休哥鄙夷地看了一眼贺令图,心中已在谋划接战之事。宋军先锋大将被俘,萧太后援军将至,与刘廷让或可一战。

十二月初九,闻知先锋贺令图被用计活捉,刘廷让推翻桌子怒骂道:"辽人狗贼!即刻出兵,攻击辽军。"同时,与李继隆商量好,自己若陷重围,则由李继隆出兵救援。

宋军浩浩荡荡直击辽军,势不可挡。耶律休哥眼看辽军将士一个个倒下,心忧如焚,忽听得兵士来报,太后援兵将至!耶律休哥顿时大喜,命军中将士全力进攻并在君子馆一带将宋军包围。

天寒地冻,刘廷让勉强拉开一张弓弩,就听兵士回报道:"将军,大事不好,辽军援兵已至,将我军团团围住!"刺骨的寒气将弓弩也冻僵了。

"嘣"的一声,利箭离弦,一名辽兵应声倒地。刘廷让稳定心神,道:"莫要惊慌,传令士兵,我军使者已派出,援兵将至!"

语毕,他挥刀向一名辽兵斩去。然而宋军杀到傍晚,大军被包围,也迟迟不见李继隆率援军到来,军心开始涣散。原来李继隆接到刘廷让部陷入辽军包围的消息后,为求自保,违背承诺,急令士

## 七、齐贤却敌

兵撤退,屯守乐寿。与此同时,辽援军源源而至,宋军刘廷让部危在旦夕。

刘廷让得到李继隆撤兵消息,愤恨不已,一口鲜血喷出。恍惚失神间,胯下战马被飞奔而来的辽军一刀砍断双腿,战马嘶鸣倒地,人仰马翻,刘廷让跌落在地。

"将军快走,莫要在此枉送性命!"部下卫兵翻身下马,迅速将刘廷让扶上自己的战马,然后用力一拍马背。

刘廷让哀叹一声,策马急行,率数骑趁乱突出重围。至此,刘廷让北取幽州所率数万人马,几乎尽皆战死。

### 2. 土磴寨之战

君子馆战败消息传来,宋军士气低落,斗志全无,辽东路军乘胜追击,大肆攻城略地。代州城内,张齐贤与代州副部署卢汉赟发生争执。

卢汉赟说道:"辽军势如破竹,且不说前者岐沟关大捷,单君子馆一役,便围歼我军数万将士。如今辽军逼至城下,万万不可强攻,只要我等守城不出,以逸待劳,必将疲乏辽军,届时辽军自去。"在张齐贤听来,却皆是怯战之言。

张齐贤想到手下仅有几千厢军,亲率本部出城支援,也是枉然。此时此刻,无论如何也要劝说卢汉赟出兵。他恳切道:"将军,如今辽军围城在即,城中百姓无不惶恐,若不速速出兵救援,届时指挥使大败,辽军必然倾巢而至,何以守城?吾与并州河东主帅潘美相约在前,若代州遭袭,潘美必来相救。吾等只待援军到来,便

## 第三卷 幽云长歌

可杀退辽军。然指挥使于城外战事危急,吾等岂能坐视不理?"

卢汉赟讥笑道:"潘美能来救援?知州大人岂不知昔日陈家谷之事?"

"将军切莫妄语!昔日陈家谷,潘将军的确有错,然错在未能力劝王侁。潘将军适时撤退,实乃顾全大局!"张齐贤怒声喝道,卢汉赟则甩手径自离开打道回府。

雍熙三年(986)十二月底,辽军乘势攻陷杨团城、冯母镇,祁州守军开城投降。后深州守军抵御辽军,辽军攻入深州城内,以守军未开门迎降为由,将城中将士全部杀死。一月之内,辽东路军兵至博州,西路军也进逼代州。张齐贤虽与潘美有言在先,然援兵未到,他委实不敢轻易出兵,正面对敌。

张齐贤在帐中走来走去,忽然想到:不能正面迎敌,但若侧面奇袭,或可一战。

此念一出,张齐贤用拳头拍了一下手掌,道:"传令下去!"

一个满脸刀疤的小将走了进来,此将正是当年在客栈中赐予张齐贤银两的那位,只见他带着他的一伙弟兄,个个草莽英雄,气势如虹。

张齐贤对他说:"辽军此番从胡峪口进军我代州,胡峪口位于代州之东。届时潘美将军援军赶到,辽军必退。辽军乃争利之军,大举进犯,无非掳掠粮食财物。纵使潘美将军援军未到,辽军攻下代州,掳掠一番之后亦必然退去。为掳掠更多财物,辽军撤退时断不会原路返回。辽军自代州之东而来,届时撤兵,必然自代州之西的阳方口而出,退往朔州。要到阳方口,必然经过土墱寨。土墱寨

## 七、齐贤却敌

易守难攻,若是在此地设下埋伏,定能伏击辽军,虽谈不上大捷,但亦可小胜一回。你速速带两千厢军精兵,前往土墱寨设伏,一旦辽军回撤,立即出击,不得有误。"

刀疤脸回答:"将军放心,末将一定教他有来无回!"随即退出帐外,引军去了土墱寨。

大军刚一出发,张齐贤心中激动尚未平复,就听得部下来报:"大人,大事不好,我军安插于辽军中的细作被抓!"

张齐贤刚刚端起的热茶"砰"地落地,茶水碎瓷四溅,衣摆鞋袜尽被溅湿。张齐贤顾不得这些,慌忙起身,急道:"细细道来!"

士兵不敢犹豫,忙道:"据探子回报,我军细作被抓,酷刑之下,全部招供!城外现出现大量辽军!"

张齐贤恍若听到震天雷声,颓然坐下。宋军细作全部招供,他与潘美所协商之作战计划尽皆泄露,若是辽军以此设伏袭击潘美部,后果不堪设想。事已至此,张齐贤隐隐有种希望,希望潘美莫要出兵。皇帝命他们二人共同统率边境军队,辽西路军大举进攻之时,张齐贤便遣使赶赴并州,约请潘美率兵会战。如今辽军兵临城下,潘美定然已得到消息,估计不日即到代州。

"大人?"不知何时,又一名士兵奔进厅内,小心喊道。

"何事?"张齐贤头也未抬,无力地问道。

"启禀大人,并州使者到。"

并州使者带来的不算是个好消息,然而对于张齐贤来说,却是大大的好消息。

## 第三卷　幽云长歌

"禀将军,潘将军获悉辽军兵发代州,遂率军出城救援。然大军刚出并州四十里,到达柏井之地时,便收到皇帝的秘密诏书。皇帝得知东路军队在君子馆一役惨败之后,为保存实力,命并州军队皆不许出战。皇命不可违,潘将军无奈,只得率军返回并州。"

"大人,皇命难违,潘将军率军回撤实属无奈,望大人谅解。"使者解释道。

张齐贤稍作思索,笑道:"潘将军奉命行事,本官岂有怪罪之理?使者远道而来,一路风尘,自当歇息几日。来人,备酒款待使者。"

张齐贤吩咐仆人为使者安排食宿,同时派出两名手下,叮嘱他们小心看住并州使者,没有自己的命令,使者不得擅自离开房间,以免泄露潘美部行踪!接着,张齐贤带领部下来到城门,登高望远,见城外漫山遍野皆是辽军,部下担忧不已,张齐贤却镇定自若,甚而时不时露出笑意。

"大人,援兵回撤,代州危矣!"部下见张齐贤的反应,担忧地提醒道。

张齐贤笑道:"非也。此时贼军只知潘美前来支援,却不知回撤之事。不如将计就计,击退辽军。"

部下不明所以,疑惑道:"大人有何良策?"

张齐贤与他耳语几句,部下瞬间豁然开朗,直道果然是妙计。

是夜,张齐贤亲率厢军镇守城门。待到半夜时分,两百名厢军悄悄溜出代州城,向西南而行。这两百名士兵整齐列队,每人手持一面旗帜,身背一捆干草,急速行军,直来到离城三十里处,方才散

## 七、齐贤却敌

开。两百名士兵相继点燃所背干草,同时摇摆手中旗帜。辽军远远看到火光之中旗帜晃动,以为并州援军到来,顿时惊慌失措。

"不好了,宋军从西南杀来了!"辽军开始有乱象。

张齐贤于代州城上观察辽军动静,见时机已到,便迅速跑下城门,来到厢军阵前,慷慨地说道:"保境安民,在此一战!吾欲率领尔等,斩杀贼军,尔等可愿随行?"

"吾等誓死相随,斩杀贼军,保境安民!"张齐贤的一名亲近部下率先应道。

此言既罢,身后千名厢军皆齐声道:"斩杀贼军,保境安民!"

一时间,厢军战士群情激奋。张齐贤见时机成熟,遂亲率厢军,从神卫都校马正的右方出击,攻打辽军。厢军战士奋力拼杀,辽军仓促应战,节节败退,自阳方口向北而逃。

辽军逃至土磴寨,刀疤脸见辽军至此,大喊一声:"杀呀!众将士与我一同杀出去,多杀几只辽狗,为我幽云百姓报仇!"

埋伏于此的两千厢军如同洪波涌起,迅速将辽军包围,暗夜之中,辽军已是惊弓之鸟,又突遭伏击,皆惊惧不已。区区两千厢军杀入辽军阵营,斩杀辽军精锐数百人。俘获辽国北院大王耶律蒲奴宁之子一人,以及其帐前舍利一人,共夺得战马两千余匹,器甲甚多。

宋军将士士气大振。张齐贤智败辽军,却不揽功,上呈捷报之时,将功劳全数归于卢汉赟及宋军将士。

萧太后获悉,担心河东宋军潘美部自太行山东出,夹击辽军,迅速下令耶律休哥率军北撤。宋辽两国得以暂时休兵。

## 3. 平戎万全图

"陛下圣明,吾皇万岁万岁万万岁!"皇宫垂拱殿内,百官俯首而拜,齐声颂道。

赵光义坐于大殿之上,平顶冠垂下的十旒白玉珠在眼前微微晃动。

河北宋军屡遭大败,岐沟关大战与君子馆一战,宋军前后死伤皆数万人,致使延边戍兵十分不满且斗志全无。然辽军肆虐延边,各州县为抵御辽兵,纷纷召集乡民守城,乡民既无作战经验,又无兵甲器械,辽军攻城克州,如入无人之境,大肆搜刮掳掠城外乡间土民财物,河北一带百姓惨遭荼毒,苦不堪言。

针对百姓困厄难行之局面,赵光义下旨:"河北雍熙三年以前未交之租税,为戎兵所蹂躏者,特免赋税三年;王师所经过者,免二年;其余免一年。"宰相李昉听后,当即率先称颂皇帝。

"众爱卿平身。"

百官应声皆起,唯宰相李昉长跪于地,说道:"陛下,臣有本要奏!臣听闻陛下近日分遣使者前往河南、河北四十余州征兵,凡八丁取一,以充戍行。河南百姓不同延边之民,世习农桑,罔知战斗,仓促招兵,情非所愿。臣担忧人情动摇,乡民逃避招兵而相聚为盗,更须朝廷剪除。如此,则河北百姓困于戎马,河南之民扰于匪盗,且农耕之时,妨碍农务。诸多不利,臣恳请陛下三思!"

赵光义正欲反驳,不料开封府尹、陈王赵元僖站出班列,奏道:"启禀父皇,儿臣亦有本上奏。仲春以来,父皇多次遣使,前往各州

## 七、齐贤却敌

征集乡兵。然春气方盛,农事正勤,乡民安居农桑,万不可征兵扰民。普通乡民,生性散漫,难以管理,招入行伍亦不易指挥,无法驰骋战场。然征集愈广,所耗经费愈多,此举实属不妥。今寇戎出塞,边境已宁,至于防秋,当未雨绸缪,父皇可于百官将相之内,选才谋之人付以兵权,委以重任,则有备无患。河南久居内地,不若河北累经戎马,其乡民善骑射者众,可选置军中效力。望父皇只于河朔边缘之地征集乡民,守卫当地城池,河南之事,一切听罢!"

赵元僖言罢,朝中诸位官员纷纷附议。宋军在北方战场大败,朝中官员早已非议不断,此时若再与百官意见相违,实为不智。元僖所言不无道理,且正合他意,赵光义心念至此,遂笑道:"尔等忠心为国,朕心甚慰!如此,便独选河北,诸路皆罢。"

雍熙四年(987)六月,潘美、田重进等大将进京觐见皇帝。赵光义亲自向他们展示自己制作的《平戎万全图》。

赵光义侃侃而谈,阵图之巨大,所配备兵马武器之详细,得意扬扬道:"朕呕心沥血,方成此图。阵图上步兵位于正中,可依托战车,抵御骑兵攻击,最宜我大宋与辽对战。诸位爱卿以为如何?"

潘美与田重进面面相觑,皆不知作何回答。大军因时因势机动而变乃克敌制胜之关键,若作战之时死守阵法,则将帅掣肘,乃必败之势!对此,潘美与田重进等大将亦是心知肚明。

潘美拱手笑道:"陛下圣明,如此详细之阵图,若与辽军对敌,则我军必胜。"

田重进等大将自然纷纷附和,赵光义爽然大笑。望着宏大的

## 第三卷 幽云长歌

《平戎万全图》,他心中豪情万丈,不禁大声道:"既如此,倘若辽军南侵,朕定让贼军有来无回!"

  辽统和六年(988),耶律隆绪与萧太后离开幽州城,出外游猎。
  "陛下,那边!"近身侍卫小声提醒道。
  耶律隆绪顺势望去,就见草丛中一只雪白的兔子正在觅食。他嘴角微扬,轻轻搭箭弯弓,瞄准兔耳,然后,只听"倏"的一声,利箭飞射而出。
  山林中的动物跟被俘虏的宋军完全不一样。被俘虏的宋军不仅毫无斗志,亦无一丝生气,面对利箭,即使逃跑也笨拙迟钝,与待在原地等着中箭无甚区别。动物则不同,它们有强烈的求生本能,见到猎人撒腿便跑,即使背后有追逐的利箭,它们的步伐依然矫健迅疾。
  觅食的白兔仿佛预知到危险即将降临,在利箭飞射而出的同时,白兔忽地纵身向前跃去,然终究快不过利箭。利箭风驰电掣,准确地射中白兔敏捷的后腿。白兔腿上中箭,却依然艰难地向前移动。身旁的侍卫打马就要去追,耶律隆绪微微一笑,拦住侍卫道:"莫要再追。"说罢,便纵马向山林深处驰去。
  耶律隆绪打马扬鞭,不知不觉出了一身热汗。驰骋山林已无法满足他,他最大的心愿是驰骋沙场,斩杀宋军。仅想想,便忍不住热血沸腾。休战已近一年时间,他甚至有些怀念箭射宋军俘虏的事情了:去年初,大军北归幽州,母后犒赏将士之后,只字不提南征之事,不知她心中作何打算?耶律隆绪侧身回望,见侍卫远远

## 七、齐贤却敌

落于马后,不禁心下得意,扬起马鞭用力甩出,胯下坐骑嘶鸣一声,迅速朝前奔去。

宫帐内,萧太后放下手中奏章,慢慢走出帐外。正午将至,远处,和煦的阳光穿过细密的枝叶洒进山林。想到儿子出发前扬言要为她打一只梅花鹿回营,萧太后不禁展眉一笑。

"陛下已长大,汝无须担忧。"韩德让不知何时出现在萧太后身后,笑道。

萧太后回眸一笑,道:"绪儿业已成人,虽仍然一副玩闹性子,但对国中诸事,已经有了自己的见解。幼鸟终要长大,翱翔天际,此为亘古不变之天理。"知她者,韩德让也。

"陛下近日似有心事,汝可曾留意?"韩德让将手搭在萧太后肩上,轻轻问道。

萧太后轻笑不语,绪儿所烦恼者,无非南征之事。萧太后心念转动,忽听得林中马蹄阵阵,愈来愈近。

"母后,母后!"耶律隆绪单手执缰绳坐于马上,远远便挥手喊道。

身后,韩德让却轻拍她的肩膀。她心下会意,抿嘴而笑,静静望着她的绪儿。

快马驱至萧太后与韩德让身前,耶律隆绪翻身下马,将一只梅花鹿展示于萧太后面前。萧太后径自上前,轻轻地擦拭他额前的汗珠。

"母后,儿臣有一事不明!"情绪高涨的耶律隆绪忽而敛容道。

萧太后心中了然,笑道:"何事?"

他嗫嚅半晌，终于鼓起勇气，道："入主中原乃母后毕生之心愿，如今大军休养已近一年，时机已熟，我军何不挥师南下，征伐宋国？"

"绪儿，汝言及于此，母后深感欣慰。然征伐大宋，时机未到，暂不宜动兵。"

"时机未到？"

"正是。绪儿，汝须谨记，我军攻伐大宋，必在秋高气爽、草长马肥之时，万不可以疲军出战！"

耶律隆绪隐隐觉得萧太后此言似曾听过，却想不起到底何时何地听过。看到萧太后一脸肃容，他连忙道："儿臣谨记于心！"

## 4. 黑面王雪耻

是日，萧太后正在帐中处理事务，耶律隆绪急匆匆冲进帐中道："母后，儿臣愚钝，大军已至涿州城三日，为何迟迟不发动进攻？"

他行色匆匆，语气难免生硬。萧太后笑问道："三日前，母后命人将劝降帛书射入城中，汝可知为何？"

耶律隆绪疑惑地摇摇头。在他看来，母后劝降涿州，无非想不损一兵一卒，攻陷涿州。但宋军愚忠，此计实难成功，自己尚且清楚，母后怎会不知？

他心中所想，萧太后已猜出七八分。

劝降帛书已发出三天，涿州城中仍无任何动静，长久等待亦不

## 七、齐贤却敌

是办法。萧太后便笑道:"吾儿无须担心,三日之后,宋军若不开城迎降,我大军必将破城而入!"

涿州城宋军守将据城坚守,不肯投降。十月初二,萧太后下令,大军围攻涿州。涿州城易守难攻,然孤立无援。辽军攻城之意坚决,虽损失惨重,最终仍然攻入城内。

耶律隆绪在侍卫簇拥下,得意扬扬地驱马入城。

不久,耶律隆绪一行忽听得小巷之中传出妇女呼喊救命,以及辽兵咒骂淫笑之声。辽军破城烧杀掳掠已成常事,大家对此自然心知肚明。他心下一喜,不由得感慨辽军将士之雄风。然而萧太后闻之,却面色一变,眉头微皱,当即命身边侍卫将犯事的辽兵带至车驾之前。

那妇女战战兢兢,哭哭啼啼,刚刚受辱也就罢了,现在还被带到大军之前,北夷好杀,不知辽人意欲何为?那辽兵则面无惧色,一副惫懒模样。萧太后观那兵士,知他已杀人成性,遂厉声喝问道:"我大军南征大宋,实为拯救万民于水火,汝既为兵士,理应保卫百姓,岂可行如此无道之事?"

此言既出,闻者皆惊,尤其那犯事辽兵,更是面色惨白,自己刚刚所为,乃破城之惯例,今日怎会触怒天颜?

萧太后不待犯事辽兵求饶,便厉声道:"此人欺辱百姓,毁我军誉,施以杖刑,以儆效尤!"

两旁侍卫应声答道,遂将犯事辽兵拖下去,当场施以杖刑。在一声声惨叫之中,萧太后和颜悦色地劝慰受辱妇女,并告知其辽军将士不会再劫掠百姓。受辱妇女哭腔渐止,心内惊喜交加,不禁对眼前这位雍容华贵的妇人多了几分敬畏之感。

萧太后趁热打铁，厉声对两旁辽军将士道："哀家即刻下令，大军入城不得劫掠百姓，违者杖之！另，不得滥杀投降宋军，应将其编入我大辽军中，为我所用！"

众人面面相觑，除韩德让外，连耶律隆绪也不知萧太后此举所为何意。行军参谋马得臣当即站出，奏道："太后，宋军难以为我所用，臣恐终留祸患，莫若放还！"

凡事利弊相兼，此中道理，萧太后自然清楚。然谋大事者，必须担得起大风险，萧太后意欲收服宋朝军民之心，招降更多宋地守城军民，此时便必须如此。萧太后心意已决，遂道："莫要多言！来人，将此言传遍军中，晓谕全城。"

涿州城被辽军所破，前来增援的宋军得到消息后，迅速回撤。萧太后急命耶律斜轸追击，大破宋军。五日后，辽军转攻沙堆驿，再次大捷。

与此同时，辽军在西路自大石路进逼代州。

张齐贤再次将刀疤脸士兵召进营帐之中吩咐道："此次辽军一万人马从大石路进犯我代州，实则是为了响应那萧太后的东路军马，无须多虑。你率部屯守代州外围，一部屯守繁畤，一部屯驻崞县。到时两路夹击，辽军必溃！"

"末将领命！"

果然，战况如张齐贤所预料的那般，辽军在崞县遇袭，繁畤厢军迅速夹击，辽军大败退出西路，萧太后命人不得再进犯代州。

## 七、齐贤却敌

十一月初六,辽军围攻长城口。翌日,萧太后与耶律隆绪亲临长城口外督战。宋军无力支撑,弃城南逃,遭遇耶律斜轸率部阻截。耶律斜轸欲招降宋军,宋军不降。耶律隆绪由韩德让率御帐亲骑护卫,亲自率兵出征,将不降宋军斩杀殆尽。

十一月十一日,辽军围攻满城三日后,破城招降宋军。接着,辽军又接连大破祁州、新乐、小狼山砦,势如破竹,宋军闻之丧胆,望风而逃。

十二月上旬,辽军主力进逼唐县之西三十里地的唐河以北地区,遭到宋军定州都部署李继隆、都监袁继忠所部有力拦截。

辽军所向无敌,宋军将士士气低落。赵光义见辽军势威,下令诸军坚壁清野,勿与之战。李继隆部虽拦截辽军,但军中将士犹豫不决,欲遵从皇帝旨意行事。

军帐之内,定州都监袁继忠力排众议,肃然说道:"辽军迫近,今城中屯重兵而不能剪灭敌军,令其长驱深入,侵略他州,此为自安之计可也,然陛下命吾等驻守边疆,抵御敌军,如此一来,陛下任吾等折冲御侮之用何在?我将身先士卒,死于敌矣!"袁继忠一番慷慨陈词,帐中诸将皆热血沸腾,纷纷表示愿率军出战,抵御辽军。

监军太监林延寿静坐一旁,见此情景不禁冷笑道:"陛下诏书在此,尔等胆敢抗旨不遵?"

此言一出,诸将面面相觑,有心杀贼,奈何皇命在前。诸将心有不甘,皆将目光转向主将,等待主将表态。

一直沉默不语的定州都部署李继隆冷眼看向林延寿,暗自沉思。此前君子馆一战中,刘廷让部陷入重围,自己违背承诺未去救

## 第三卷 幽云长歌

援,朝野、军中皆对他非议不断,甚至有指责他为不忠不信、怯敌怕死之辈者。身为大将,岂能遭受如此大辱!心中愧疚,说与谁听?今辽军再次压境,定州城中重兵把守,足可一战,此乃天赐良机,岂能错过?

思虑至此,李继隆慷慨道:"阃外之事,将帅得专其责焉。往年君子馆不即刻赴死者,固为今日以报国家耳!"

林延寿等人闻之大惊,大骂李继隆抗旨不遵。诸将则群情激昂,李继隆当即率诸将出城迎战。

辽军皆善骑射,骑兵铁蹄所向无敌,然宋军善骑射者寡,且大宋国内缺少优良战马,所以宋辽两军对敌之时,宋军步兵对战辽军骑兵,未战已输一半。然此次唐河之战,李继隆以手下静塞军骑兵为先锋,冲杀辽军。静塞军骑兵本属易州,被李继隆收归自己麾下,其作战勇猛,率先攻入敌阵,冲垮了辽军阵形。

辽军大败而逃,宋军乘胜追击至曹河,斩杀辽军五千人,俘获战马万匹。捷报送至汴梁,群臣相庆,皇帝大喜,不但未追究李继隆抗旨之罪,并且下诏褒奖定州诸将,赏赐丰厚。

唐河一战,打破辽军的不败之势,重创辽军,萧太后班师北还,但仍驻留在宋境之内。

次年,辽统和七年(989),也即宋端拱二年(989),正月二十一日,萧太后兵围易州,遂城宋军北上来援,却被萧太后派出的铁林军击败,宋军指挥使五人被擒。不久,辽军攻破易州,刺史刘墀投降。易州乃是周世宗时收复的三州之一,此次却再度陷于辽军,直

## 七、齐贤却敌

到一百多年后,宋金两军夹击灭辽,才得以短暂回归,此是后话。

辽军此番南征,虽遭遇唐河之败,损失惨重,但收复易州、涿州两地,基本消除了河北宋军对幽州城的直接威胁,可谓战果辉煌。萧太后封赏将士,大宴群臣。

几番大战之后,宋军惨败者居多,宋军将士对辽军的畏惧愈发严重。虽然赵光义依然未放弃收复幽蓟的心愿,然事实所迫,他不得不采取一系列防御举措,防止辽军南侵。为此,宋军在河北地区增设屯寨,屯兵戍守。边境屯兵,粮草须从后方调运,因运送辎重的宋军常常遭到辽军截击,所以,为护送辎重安全到达边境,宋军往往出动万人大军,沿途护送辎重。

端拱二年(989)七月,威虏军城中缺粮,急需朝廷送粮支援。为解燃眉之急,赵光义诏令定州都部署李继隆调发镇、定两州万余马步军,护送数千乘辎重前往威虏军。耶律休哥得到探报,亲率数万精骑南下,欲半路打劫威虏军辎重。

耶律休哥对将士们说:"宋军总是给我大辽勇士送粮食送兵器。此番我军意在夺粮,不与敌战。"

宋军北面缘边都巡检使尹继伦擦擦额头的汗水,回头望望身后的千余步骑,一个个皆大汗淋漓,气喘吁吁,虽心有不忍,然巡视边防乃边防守军之重任,不可松懈。看到士卒们虽然辛苦,却仍大步向前,尹继伦心中甚慰,回头继续驱马向前。不知为何,尹继伦心中有隐隐的不祥之感。

"辽……辽军……辽军来了!"

一声惊叫之后,尹继伦所部士卒顿时惊慌失措。不远处,数万

## 第三卷 幽云长歌

骑兵宛若滔天洪水,铺天盖地而来,快马奔驰,扬起的尘土滚滚而至,遮天蔽日。

"莫要惊慌!贼人已至,不若拼死一战,以身报国!"

言罢,尹继伦迅速派出两名士兵回去报信,自己率领剩余人马严阵以待。千余宋兵对战辽军数万精骑,无异于以卵击石,然宋军战士抱着誓死之决心,个个视死如归,气势十足。尹继伦心潮澎湃间,辽军数万精骑已踏马而至。

耶律休哥不屑地瞅了一眼严阵以待的千余宋兵,一言不发,带领骑兵继续前进。他们此行的目的是宋军的数千乘辎重,区区千余宋兵,何足挂齿?数万骑兵浩浩荡荡,自尹继伦部面前大摇大摆而过,无数双望向尹继伦部的眼睛,无不充满鄙夷和不屑。屈辱和愤怒在宋军士兵心中不断燃烧着。

望着辽军绝尘而去的背影,尹继伦怒声对部下道:"寇蔑视吾等如无物!彼此番南下,若获捷则还军之时乘胜驱吾而北,如若不捷,亦将泄怒于吾等,吾等将无可幸免。为今之计,吾等唯有卷甲衔枚以蹑踪其后,乘机袭之。彼锐气前驱,不期吾等杀至,吾等力战而胜,足以建功立业。倘若不胜,则纵死犹不失为忠义,岂可泯然而死,为胡地之鬼乎!"

千余部下闻尹继伦所言,无不情绪激昂,纷纷表示愿誓死相随。尹继伦遂命士兵秣马会食,待到黑夜之时,即人人手持短兵器,悄悄追踪于辽军之后,夜行数十里,终至唐河与徐河之间。

时至翌日凌晨,天色未亮,耶律休哥命士兵距李继隆部主力四五里之处扎营造饭,打算早餐后整军列阵攻击李继隆部。

这时,尹继伦见辽军防备松懈,正在埋锅造饭,下令道:"诸位将士,天赐良机,此番正是我宋军报仇雪恨之时。随我杀下去,活捉耶律休哥!"

"杀呀!杀呀!活捉耶律休哥!"

辽军正在吃饭,只防范前方李继隆部,却不知后有追兵。宋军挑翻营帐,踢翻锅灶,好一通冲杀。

耶律休哥正在吃饭,忽见宋军杀到近前,耶律休哥慌忙欲整军迎敌,却被宋军用短刀砍中手臂,伤势颇重。耶律休哥无奈,只得跃上战马,落荒而逃。

李继隆见辽军后军已乱,便下令:"众将士与我速速杀过去,夹击辽军!"

李继隆部遂乘机从正面向辽军发起冲锋。辽军溃不成军,败逃时自相践踏,死伤无数。李继隆与镇州副都部署范廷召乘胜追击,一直过徐河之北十余里,俘获甚众。

耶律休哥因轻视尹继伦,而招致徐河大败。此战之后,辽军闻尹继伦而色变。因尹继伦面色黝黑,故而辽军将领在此战之后,经常互相提醒:"当避黑面大王。"

## 5. 守内虚外

端拱二年(989)正月,李继隆率军大败辽军于唐河不久,辽国萧太后率兵攻打易州之时,位于幽州西南的博野之地,宁边军知军柳开也在筹划一件大事。

柳开带着四名贴身护卫,急匆匆奔驰在空无一人的街巷之上。

## 第三卷　幽云长歌

初春天气,夜晚时分的空气仍带着湿重的寒气,但因急忙赶路,柳开倒也不觉得寒冷。今晚,柳开要去见一个契丹人,此人从幽州而来,奉上官之命来与柳开谈判。

柳开正要前往,副将劝阻他道:"将军只身前往,恐有性命之忧!况且屈尊移驾,有失大宋体面。"

柳开说:"此去关系破幽州大事,吾若不去,谁愿代劳?当年我追随米信将军,边境之民疾苦,历历在目。若有机会荡平幽云,如何不去?"遂只身前往。

一路快行,不多时,柳开一行便来到一处民宅前。护卫叩门而入,一行人来到正厅。民宅主人乃当地名望乡绅,家境殷实,为人豪爽,柳开已拜访过多次。正厅之中,除家主之外,还坐着一位辽属汉人。

双方见礼之后,柳开便开门见山道:"白万德将军别来无恙,有何条件,汝不妨直言。"

这白万德,河北真定人,乃幽州守城辽军中一名高级将领,统领边军七百余帐,与这民宅家主是儿女亲家。柳开常来此地,与家主共同劝说白万德降宋。

白万德见柳开如此爽快,便说道:"吾归宋之心已久,然则叛辽投宋,实为铤而走险,不知道宋国皇帝有何打算?"

柳开随即笑道:"白将军忠心为国,日月可鉴。吾一定力劝吾皇出兵,与将军里应外合,拿下幽州。到时将军必为头功,吾皇定会为将军升官加爵!"

柳开爽快答应,白万德激动不已,当即问道:"敢问大人,何时

## 七、齐贤却敌

起事?"

大事将成,柳开心中亦喜,笑道:"莫急,此事须详细谋划,待吾筹谋已定,自当遣使而去!"

是夜,柳开回到府中,他将与白万德密会之策写于奏折,命人即刻呈于皇帝。

传信出门之后,柳开坐在烛火前,内心陷入思量:雍熙北伐宋军于岐沟关一战惨败,之后又大败于君子馆之战,两次大战皆伤亡惨重。边境之上,宋军闻辽军而色变;朝堂之中,文臣武将争议不断。关于对辽政策,朝堂上出现主战与主和两派,却不知道皇帝如今作何打算?

柳开想到前些日子在朝堂之上的一幕。

宰相李昉说:"这幽州附近燕山地区的险要地段已被辽军占领,我军无险可守,亦不具备与辽军大规模作战的条件;而且,自古战争劳民伤财,劳民者,实为伤农,若是再战,恐会损失国之根本。我军连连大败,军心不稳,大伤元气,即使再战而捷,亦是自损严重,既非功在当下,亦不利在千秋。"

柳开当时北伐归来,时任殿中侍御史,听到主和派此番言论,当即反对道:"大宋泱泱大国,岂能向蛮夷之人妥协?战败便不敢再战,岂不是畏懦之行?陛下,吾深受皇恩,无以为报,愿以不惑之年,领步骑数千人,驰往边境,出生入死以复幽蓟。纵使埋骨沙场,亦在所不惜!"

赵光义听罢道:"好,柳将军一片挚诚,朕命你为统帅宁边军,镇守边境,以俟时机。"

## 第三卷 幽云长歌

柳开想到这一幕，自己翘首以盼的时机已经到来了。思及此，柳开不免壮志满怀。

几日后，赵光义命人加急手书一封送给柳开，柳开打开一看，只有二字："主守"，当即全身松软，坐倒于地。

不主动出兵，岂不是人为刀俎，我为鱼肉，任辽军宰割？柳开愤愤地想着，不自觉地用力一拍桌子，手掌的疼痛让本就毫无睡意的他更加清醒了。柳开心想：将在外，君命有所不受！不等皇帝同意，自己取下这幽州，到时候大功一件，相信皇帝也定会嘉赏。

几日后，柳开筹划已定，便派遣使者前往幽州，将作战方案交予白万德。柳开于府中焦急等待消息，然使者未归，圣旨却到。柳开不敢怠慢，慌忙跪接圣旨，宣旨太监字正腔圆，朗声宣读："辽军狡猾，数次诈降，不足为信。所有边防将士不得轻出，如有违抗，军法处置！朕命柳开将军知守全州，即刻赴命，钦此！"

柳开一字一句听在耳中，一颗心仿佛沉入冰河，越沉越低。宣旨完毕，柳开"扑通"一声瘫倒在地，神情愣怔，竟忘记领旨谢恩。宣旨太监眉眼生怒，厉声道："柳开，汝不领旨，莫非要抗旨？"

柳开恍然回神，天命不可违，自己岂敢？望一眼怒眉横生的宣旨太监，柳开颤巍巍俯首拜倒，悲声道："臣领旨谢恩。"

时将正午，阳光暖暖洒向大地，驱散了边地的寒气。柳开坐于马上，缓缓驱马南行，身上寒意阵阵。这全州为蛮荒之地，柳开不惧蛮荒，只是如此一北一南，陛下用心，他岂会不知？泱泱大国四百州，却无法踏灭一个蛮夷小国，反而被打得只有防御之力，长此以往，国将焉存？最后望了一眼自己欲有所抱负的宁边军，柳开含

## 七、齐贤却敌

恨转身,策马疾驰南下。

  柳开驱马南下之时,赵光义在崇政殿内,陷入沉思。自岐沟关、君子馆战败之后,宋军被迫从攻势转为守势,如何防止辽军兴兵南侵,便成为他首要考虑的事宜。大败之下舆论重压,朝中反对与辽作战者日众,赵光义颇有些喘不过气来。

  赵光义考虑到,自初次北伐幽蓟至现在,宋辽两国之间的关系已发生翻天覆地之变化,大宋已无力出兵北伐。大宋禁军几乎无可用之人,不得不征集乡民,以充戍行。乡民战力有限,且不利于农耕,而农业乃国之根本,万不可伤筋动骨。加之大宋西北之地,夏州李继迁动乱日盛,国内已自顾不暇,何来精力出击外敌?如今只有积极防御,放弃攻伐之事了。

  他长叹一声,问侍立一旁的王临机:"王临机,朕错了否?"

  正是春乏之时,王临机刚才见皇帝在专心批阅奏章,便偷偷打了个盹。忽然听到皇帝喊自己,王临机瞬间清醒,随即小心问道:"陛下有何吩咐?"

  赵光义无奈苦笑,沉默挥手,示意无事。生前之事,尚且谋划在人,成事在天,更何况身后之事?

  崇政殿外,春日的阳光明媚而温暖,千树吐绿,百花绽放,万物欣欣向荣。然终有一日,叶落花谢,纵使照耀千古的阳光,也会在一夕之间,日升日落。

# 八、故皇索命

## 1. 赵普三出

李昉,这个向来以性格温厚著称的宰相,自雍熙北伐失败以后,在朝堂之上几乎事事与皇帝对着干,尤其对雍熙北伐之事,李昉带领一帮文人批评皇帝。赵光义无奈之下,不得不因北伐之事发下罪己诏。即使如此,文官们依然不满意。这几日,赵光义只要从朝堂上下来,便会大发雷霆。

王临机一边偷眼观察皇帝的反应,一边在心里暗暗诅咒李昉。其他太监不清楚,他却一清二楚,朝中大臣之中,李昉能力一般,之所以能贵为宰相,只因他性格温厚,易于为皇帝所驱使。

"王临机!"王临机忽听得皇帝大喊自己名字,连忙应道:"陛下,何事?"

"汝以为赵普如何?"赵光义颇有些漫不经心地问道。

王临机心里一惊,这句话听起来似乎毫无来由,不过若是和之前自己的想法连在一起,岂不是……王临机不敢想下去,皇帝和赵

## 八、故皇索命

普之间的关系非常微妙,并非自己可以枉议。思及此,王临机连忙伏地拜倒,战战兢兢道:"老奴不知陛下何意?"

赵光义宛若未闻,默然不语,心中却长吁短叹。自雍熙北伐失利之后,自己在朝中的日子真是一天难过一天啊。北伐之前,自己绕过中书省直接与枢密院商议北伐之事,一方面的确因为不希望听到反对北伐之声,另一方面则因为文官不懂军事,与其商量亦是无益。

赵光义恨不得罢免李昉,然李昉一心为公,此时又是朝中反战官员的代表,想要罢免他并非易事,而且罢免李昉后,何人又可为相?

他突然想到赵普!此时自己陷于危困,能解危局者,唯有赵普。赵普两次为相,其资历在朝中无人可比,他若为相,无可争议。

陈桥兵变、杯酒释兵权、金匮之盟,有关大宋立国之大事皆赵普谋划。如今这舆论危机,让赵普去化解,自然不在话下;且雍熙北伐初期,赵普得知大军北伐,便上疏称北伐必败,希望撤军,若以他为相,反战文官亦不会反对。北伐东路军失败之后,他曾多次上疏出谋划策,其忠心日月可鉴。

凡事有利便有弊,赵普有才,但行事专断,很有可能威胁到自己的皇权,不过事已至此,比起赵普的专断,自己更需要他为自己解困。赵光义心意已决,不觉长长舒了一口气。

这日一大早,王继英便前往赵普府中道喜。虽然赵普此次只是由武胜军节度使改任山南东道节度使,但皇帝将其改封为许国公,则是可喜可贺。不为其他,只为皇帝终于再度想起了赵普!

很早起床的赵普亦是神采奕奕,虽然已是六十五岁高龄,但人逢喜事精神爽,赵普精神矍铄,满面红光接待了王继英。前番他上疏,皇帝以手诏回复,此番皇帝又将他改任,若赵普所料不差,不久,皇帝将委以大任!

赵普对王继英道:"继英,若他日时机成熟,汝可愿随本官回京?"

王继英先是一愣,随即恍然笑道:"下官愿鞍前马后,以待差遣!"

端拱元年(988),赵普担任山南东道节度使已近一年。是年春天,赵光义下令举行籍田大典,赵普为许国公,自然位于大典之列。是年,罢相五年的赵普回到汴梁,并于大典之前,向皇帝上疏一封,言辞恳切,意欲面见圣颜。赵光义感慨不已,称赵普乃开国元勋,自己所敬重之人,应当听从他的请求,于是接见赵普。君臣二人相见,无不感慨万千,皇帝再三抚慰,赵普更是感激得呜咽泪下。

皇帝再次接见赵普,不仅朝中大臣议论纷纷,就连街边茶馆酒肆之中也议论不断,开封府尹赵元僖自然不会错过。赵元僖乃皇帝次子,自长子赵元佐因叔叔赵廷美之事发疯,纵火焚烧皇宫而被贬为庶民之后,赵元僖便成为太子的第一人选。雍熙四年(987),陈王赵元僖被任命为开封府尹,亲王尹京,便是名义上的储君候选人。

赵元僖望着满桌的美味佳肴,没有丝毫食欲,心想:父皇再次

## 八、故皇索命

召见赵普,莫非要启用赵普?然赵普已两次被罢去相位,父皇怎么还会再次任用他?可是赵普乃两朝元老,有经天纬地之才,既能二次罢相,第三次任相又何妨?

赵元僖只觉脑中思绪万千,一团乱麻,猜不透皇帝此举意欲何为,哪里还有心思吃饭。赵元僖手拍桌案,心中拿定主意,当即前往书房撰写奏疏,欲上呈父皇。

自己虽然以亲王身份担任开封府尹,是名义上的储君候选人,然一日未登大位,则万事不定,更何况自己连太子之位都未登上。赵元佐虽被贬为庶民,然朝中依然有他的势力,况且只要赵元佐不死,便是正统的皇位继承人。

长远打算,赵元僖觉得必须想方设法提高自己的威望。既然父皇欲重新启用赵普,若此时及时上疏推荐,既可赢得父皇好感,又可顺势笼络赵普。心中主意已定,赵元僖下笔如飞,只一会儿工夫,便已写完。赵元僖在奏疏之中尽言帝王须笼络人才以及相位之重要性,并竭力推荐赵普担任宰相之职。

公元988年正月十七日,赵光义在京城东郊举行籍田大典,祭祀神农。大典之后,他回到皇宫,登乾元门,大赦全国并改年号为"端拱"。不久,赵光义在朝中与诸大臣商议西夏李继迁叛乱之事,忽闻朝堂之外鼓声大作,众人皆惊。

朝堂之外,登闻鼓前,翟马周一下一下击打鼓身,鼓声震天。翟马周本名翟颖,之所以改名为马周,亦与此次击登闻鼓有关。前几日,好友知制诰胡旦找到他,怂恿他来此击登闻鼓,状告宰相李昉。为让皇帝看到他的一片赤诚之心,胡旦特意让他改用初唐名臣马周之名。一介平民状告当朝宰相,其结果不是一步登天,便是身陷地狱。

"堂下所跪何人,报上名来!"

从登闻鼓院到金殿之下,这段时间仿佛很短,又仿佛很长。

"大胆,陛下询问,为何不答!"

翟马周一时惊慌,不敢回话,待听到一声尖利的斥责,才恍然意识到刚才问话者乃当今陛下,遂连连叩头,战战兢兢道:"回陛下,草民翟马周,乃京城一普通佣书人。"

皇帝略一思索道:"翟马周,汝为何敲击登闻鼓?"

"启禀陛下,草民,"翟马周暗暗深吸一口气,闭眼回道,"草民敲击登闻鼓,实乃代表天下百姓,状告朝堂大臣!"

语惊大殿,众大臣面面相觑,轻蔑者有之,内心忐忑担忧者有之,当然,心知肚明者亦有之,比如知制诰胡旦的好友、枢密副使工部侍郎赵昌言。

皇帝愣怔片刻,随即厉声问道:"状告何人?"

"当朝宰相,李昉!"翟马周语声坚定道。

朝堂哗然,大臣议论纷纷,李昉脸色铁青。

赵光义颇有深意地望着殿下众人,道:"翟马周,你以何事状告宰相?"

翟马周见陛下询问,顿时心中一松,按照胡旦所言,道:"陛下,李昉身任元宰,理应忧国忧民,然我大军北伐之时,李昉却于家中宴饮取乐,赋诗饮酒,不配为相!"

赵光义暗自冷笑,以此为由状告宰相,此翟马周空有其名!然

## 八、故皇索命

而自己若欲拜赵普为相，便必须罢免现任宰相。此前赵元僖上疏希望自己任赵普为相，当时自己没有罢免李昉的理由，便暂时搁置。如今翟马周所言虽是欲加之罪，却正合己意。如此，便只能委屈李昉了。

心思已定，他也不看李昉，只对翟马周道："此事朕已知晓，汝且先退下！"

翟马周一愣，皇帝既无大赏，又无重罚，不知何意。也罢，未获罪入狱，已是万幸。叩首谢恩后，翟马周退出垂拱殿。出得殿外，翟马周打了个寒战，遂加快脚步，匆匆离开。

翟马周退下不久，赵光义亦宣布退朝。大臣纷纷散去，李昉一人缓步迈出垂拱殿大门。寒风拂面，李昉清醒许多。虽然皇帝对翟马周告状之事未置一言，然则未重罚翟马周亦是一种表态，且自己于北伐期间设宴饮酒乃不争之事实，无可辩驳。此事可大可小，恰在此时揭出，便是天大之事。此前皇帝召见赵普，他便已有预感，皇帝有心启用赵普，若赵普回朝，自己怎能继续居于相位？

几天后，即端拱元年（988）二月十二日，李昉被罢去宰相之职，改任尚书右仆射，罢政事。同时，山南东道节度使赵普被任命为太保兼侍中，参知政事吕蒙正被任命为中书侍郎兼任户部尚书，二人皆加同平章事。至此，赵普的第三次宰相生涯开始。

宣制之日，朝班大臣听闻赵普复相，反应不一。户部侍郎雷德骧曾于太祖时期弹劾赵普"擅增刑名"而被贬官，后其长子雷有邻击登闻鼓为父鸣冤，此举直接导致赵普第一次被罢相。此时听说赵普再次复相，雷德骧当即心中害怕，不经意间竟将手中朝笏掉于地上。

"陛下!"雷德骧慌忙跪地拜道,"陛下,臣雷德骧请求卸职归田,望陛下恩准!"

赵光义闻言心中一惊,赵普初次被罢相与雷德骧有直接关系他当然知晓,但赵普再回朝堂,雷德骧竟然害怕至此,出乎他的意料。赵光义当朝不允,下朝之后又召见雷德骧,并好言劝慰,声称自己乃一国之君,定会保全雷德骧。然雷德骧辞官之意坚决,赵光义无奈,只得赐他白金三千两,将其罢为知京朝官考课。

## 2. 雷厉风行

"天干物燥,小心火烛!"更夫甲大声喊毕,将手中的锣用力敲了三声,旁边的更夫乙也跟着将手中的梆打了三下,"咚——咚咚",皆是一慢两快,正是三更时分。二人常年在此地附近打更,对此处大户人家非常熟悉。再往前走一段路,便是枢密副使工部侍郎赵昌言府上。

赵府气势恢宏,更夫甲远远看到里面灯火通明,便向更夫乙努嘴示意,二人皆嘲讽地一笑,当即缓步慢行,故意拖延时间。

不一会儿工夫,黑暗中相继走出四乘轿子,轿夫皆行色匆匆,小心翼翼向赵府走去。即使人在轿中看不清楚,但两名更夫心里明白,轿中四人,一个是盐铁副使陈象舆,一个是度支副使董俨,一个是知制诰胡旦,最后一个则为右正言梁颢。因四人几乎每天晚上都在赵昌言家聚会,且皆是半夜而至,所以老百姓便给前面两位取了个外号,一个叫陈三更,一个名董半夜,成语"三更半夜"便由

## 八、故皇索命

此诞生。

见四位大人每天晚上前往赵府,两名更夫不禁窃笑。每晚夜深人静之时打更甚是无聊,逗留于赵府附近看这四顶轿子,便是此二人最大的乐趣。

赵府书房内,赵昌言与另外四人时而小声议论,时而高谈阔论,几乎句句不离"陛下"二字。无他,只因这五人在此就为研究皇帝,以揣度圣意,投其所好取悦之。

不过今晚,五人言语中除"陛下"二字外,还反复出现"赵普"的名字。赵普今日再次拜相,取代宰相李昉,必将不再追究皇帝雍熙北伐失利之事,于皇帝有利。赵普虽然复相,却终究不若其他几人得陛下恩宠。谈及此处,五人不免得意大笑,尤以知制诰胡旦最甚。之前他怂恿翟马周击登闻鼓状告宰相李昉,李昉因此罢相而赵普代之,如此算来,赵普之所以为相,还应为翟马周记上一功。

胡旦刚刚想到翟马周,赵昌言便主动提出:"翟马周之事甚善,陛下虽未大加赏赐于他,然罢除李昉便为大胜,翟马周此人或可委以大用!"

众人都表赞同,胡旦心中更是得意。

这一日,赵普府中迎来了一位贵客,开封府尹——以前的陈王、现在的许王赵元僖。赵普刚刚拜相不久,他便前来贺喜。赵元僖曾上疏请求父皇任赵普为相,此事赵普自然知晓,如今赵元僖来贺,他当然欢迎之至。一个是欲大施拳脚的两朝老臣,需要权力的支持;一个是刚刚成为储君候选人的亲王,需要倚重老臣提高声望,此二人结成政治联盟,实乃天作之合。

二人分宾主坐下,赵元僖寒暄一番,道贺之语罢,便问道:"宰相大人心怀远大,此次高居百官之首,不知有何感想?"

赵元僖所言问及感想,实则欲知晓赵普上任之后打算做什么。赵普心知肚明,却笑道:"多谢许王关心。正所谓老骥伏枥,志在千里,普老骥得陛下怜爱,委以重任,自当结草衔环以报皇恩。"

赵普笑容满面,然而言及"陛下怜爱,委以重任"时,心中却有淡淡的悲凉之意。此番复相,皇帝不仅严厉警告他勿以位高自纵,勿以权势自骄,谨赏罚,举贤能,弭爱憎,而且皇帝一改先例,同时任用两个宰相。与赵普皆加同平章事的吕蒙正乃太平兴国二年(977)的状元郎。吕蒙正为人耿直,在朝中不结党羽,遇事敢言,是以深受皇帝重用。皇帝任用吕蒙正,一为让吕蒙正跟随赵普学习,一为掣肘赵普,以防他权力过大,威胁皇权。

虽然赵普所言并未切中赵元僖心中所想,但他依然立即接道:"宰相忠心耿耿,实乃我大宋之福!"

"许王谬赞!"赵普淡淡笑道,"普此次回朝,发现朝中结党营私者众,其中尤以赵昌言为首的同年会最为可恶,且方士侯莫陈利用恃宠而骄,鱼肉百姓,甚是猖狂,为大宋长治久安着想,普欲除此毒疮,不知许王可否助普一臂之力?"

赵元僖心中一惊,惊其言语之直接,亦惊其魄力之巨大。赵普方才所提,皆为当今朝中最大之隐患。以赵昌言为首的同年会已渐渐把持朝政,侯莫陈利用一介方士,猖狂倒在其次,近年来他笼络士族,亦渐成朋党之势。

## 八、故皇索命

自古以来,朝堂之上最忌朋党,东汉党锢之祸、唐代牛李党争,此皆为教训。朝中大臣深忧此二者之祸者众,然皇帝对赵昌言与侯莫陈利用皆宠信有加,敢言除此乱者寡。今赵普甫一复相,便将矛头直接对准赵昌言与侯莫陈利用,此番魄力,不禁令赵元僖心潮澎湃,热血沸腾。且赵普既言除此毒疮,则此二党不复久存,此亦为自己大有所为之时。赵元僖起身而立,拱手道:"宰相一心为公,本王自当竭尽全力以助之!"

二人一拍即合,当即商议除奸之事。赵元僖表示将全力搜集此二党之罪证。

佣书人翟马周近几日颇有些得意。此前他击登闻鼓状告宰相李昉成功,皇帝并未重用于他,但他敢于直谏之名声业已传出,一时闻名京城。好友知制诰胡旦认为他应该趁热打铁,上言皇帝自荐,状告朝中十数名大臣。若此事成功,自己必将高居庙堂。他与胡旦相约,要去胡府拿上书皇帝的言表。穿行于满大街的走卒贩夫之间,想到自己不久将高居庙堂,翟马周不禁露出一丝得意之色。

然翟马周尚未行动,许王赵元僖的亲吏便得到消息,赵元僖大喜,连忙禀告皇帝。赵光义命赵元僖查明此事。赵元僖将翟马周捕入大狱,审得全部实情。赵普深知翟马周乃受赵昌言同年会指使,意欲排挤与同年会意见不同者,对其深恶痛绝。于是赵普入宫面见皇帝,言翟马周受胡旦指使,攻击朝中大臣,毁谤时政,枢密副使工部侍郎赵昌言为其助言,亦参与其中。赵普继而将赵昌言、陈

## 第三卷 幽云长歌

象舆等五人已结成朋党、操纵朝政之事奏闻皇帝。

赵光义闻之大惊,朋党祸乱朝堂,此中之害,他当然非常清楚。然赵昌言等人素来为他所宠信,宰相李昉诸人多次批评自己雍熙北伐之错,赵昌言等人则屡次为自己解困。往日里,但凡自己心有所想,赵昌言等人便会满足自己。此次若非赵普重新入朝,赵昌言本是下任宰相人选。赵普却突然状告赵昌言等人私结朋党,操纵朝政,他怎能不惊?

"爱卿所言属实?"赵光义的语气中更多的是难以置信。

人皆言皇帝宠信赵昌言,如此看来,所言非虚。赵普心中叹息一声,欲除赵昌言等人之心愈加坚定。

"陛下,前者翟马周受胡旦指使状告宰相李昉,后又危及朝中多位大臣,翟马周区区一介佣书人、投机取巧之辈,怎会有如此胆量气魄?现翟马周已经全部招认,状告朝中大臣之言,皆出自胡旦之手。胡旦与董俨、陈象舆、梁颢等人每夜于赵昌言府中私会议事,在朝中排除异己,任人唯亲,朝局大危,今人证物证俱在,不容辩驳。陛下,此等乱贼,不杀之不足以振朝纲!"

"杀之?"皇帝心中一震,纵使赵普所言非虚,然赵昌言对自己忠心耿耿,断不会做对自己不利之事,怎可轻易杀之?

皇帝面色犹豫,赵普当即悲愤地说道:"陛下,赵昌言乖戾难制,留之为祸,为我大宋长治考虑,请陛下诛杀之!"

赵光义心中长叹一声,遂说道:"爱卿,佣书人翟马周诬陷朝臣,即刻杖责刺字,流放海岛,禁锢终身。赵昌言等人有功朝廷,以功抵过,罪不至死。即日起,枢密副使工部侍郎赵昌言贬为崇信军

## 八、故皇索命

节度行军司马,余者,皆酌情罢免。"

话音刚落,赵普便再次请道:"陛下,赵昌言等人必须杀,不杀不足以平民愤!"

赵光义眉头微皱,遂厉声道:"爱卿,赵昌言等人已获罪,此事休要再言,若无他事,爱卿安歇吧!"

赵普再伏地而拜,叩请皇帝诛杀侯莫陈利用。之前侯莫陈利用被流放商州,不久便被皇帝召回京城。赵普担心侯莫陈利用再获重用,查出侯莫陈利用对皇帝出言不逊,且书信中有作乱之言,便上疏皇帝严惩。岂料赵光义只是将其再次流放,禁锢商州。

"陛下,侯莫陈利用罪大责轻,存之何益!"

赵光义坐于上位,心中感慨,思虑半晌,最终无奈道:"爱卿,朕贵为天子,岂有万乘之主不能庇一人乎?"

赵普语气坚决,言辞慷慨道:"此巨蠹犯死罪十数,陛下若不诛,则乱天下之法。法可惜此一竖子,何足惜哉!"

赵光义悲愤难言,长叹一声,道:"既如此,便依爱卿所言,侯莫陈利用死罪无赦,处以磔刑!"

赵光义上谕已发,不久便心生悔意,急遣使前往商州。然中途使者坐骑困于泥路,待使者换马而至商州,侯莫陈利用已被磔于市,闻者无不称快。侯莫陈利用既已死,赵普斩草除根,将其所推荐官员,亦一应诛杀。

## 3. 赵普三落

早晨上朝至现在,赵光义先是于垂拱殿跟百官议事,散朝之后又接见感德军节度使李继捧。李继捧刚一离开,他便再也无法忍受箭伤痛楚,于龙榻之上休息。

赵光义会见李继捧,无非是希望李继捧招降李继迁,平了西夏之路。西夏之事既然安排妥当,他心中安慰许多。

赵光义近日箭伤发作得越来越厉害,放眼普天之下,能缓解自己箭伤之痛者,唯侯莫陈利用。思及此,皇帝疼痛难忍,便欲召侯莫陈利用,却转而想到侯莫陈利用已经被自己赐死商州,他的拳头便恨恨地捶在龙榻之上。

忍受着身上的疼痛,赵光义不禁想起了赵普复相这几月来自己的生活。堂堂一国之君,却受宰相威逼,无法庇佑朝臣。先是赵昌言、陈象舆等,后是侯莫陈利用,此几人皆是自己心腹之人,赵普却非要置他们于死地。

赵普胸怀大才,然行事强硬,复相之前,赵光义想过他或许会危及自己的皇权,亦对此作出安排,不仅对其言语警告,而且还特意安排吕蒙正掣肘赵普,以限制他的权力。不想赵普上任才几月,便以雷霆手段整顿吏治,让他这个皇帝颇为难堪。

朝中百官,跟风元宰者众,赵普甫一复相,朝中批评雍熙北伐失败之言遂消靡殆尽。至此,北方边境宋军虽仍与辽军对抗,然朝中已无人再提及北伐失败之事,涉及战事者,无非如何对抗辽军。如今任用赵普为相的目的已经达到,赵普已然可以回家养老了。皇帝不禁感到为难,赵普上任才三个月,若是此时罢免他,恐引起朝中大臣不满。

窗外忽然传来一阵聒噪的知了叫声,赵光义烦躁地微皱眉头,

## 八、故皇索命

侍立一旁的王临机察言观色,慌忙命小太监出去将知了赶走。不想小太监刚刚退出,赵光义却忽然大笑起来,天气炎热,赵普年迈,不耐酷暑乃人之常情。如此一来,罢免赵普之事虽不可急于一时,却可徐图之。

这一日,赵普像往常一样在政事堂办公,天气太热,即使是在室内,赵普也感觉身体像是在经受烈日的炙烤,额前大汗淋漓,汗水浸到眼睛里看不清东西。赵普擦擦汗水,看看外面的烈日,时近午时,离自己退朝归家还有一个时辰。也好,还有许多政事要处理,虽然自己怕热,但更怕时间不够用。

赵普在心中无奈地感慨一声,自己身体不足惜,只担忧自己百年之后,朝中再无能臣可用。无意间看到吕蒙正就坐在对面,赵普心中不禁感到稍许安慰。自己三次任相以来,对吕蒙正尽心教导,吕蒙正也不负所望,才短短五个月,应付宰相之事已得心应手。想到此,赵普嘴角不禁浮起一抹欣慰的笑。

"陛下驾到!"

赵普一愣,与吕蒙正对视一眼,慌忙起身迎驾。一时间,政事堂诸位大臣尽皆起身接驾。君臣寒暄已毕,诸位大臣各司其职,皇帝独与赵普相谈。

"爱卿,近来身体安否?"赵光义看着大汗淋漓的赵普,关切道。

赵普立即笑道:"臣身体康健,多谢陛下关心。"说罢,赵普忍不住举手擦擦额前的汗。

"康健便好。"皇帝淡淡笑道,"近日天气炎热,朕心忧爱卿身体

## 第三卷　幽云长歌

难耐酷暑,特送来冰块与爱卿消暑。"

赵普连忙拱手笑道:"臣谢陛下!"

"爱卿多礼。尔乃大宋功臣,万不可有所闪失。朕近日寝食难安,思前想后,深觉爱卿不宜操劳过度,所以欲请爱卿归家休息,若遇重大政事,朕再召爱卿入宫问对。等入秋天凉,爱卿再回朝主政,不知爱卿意下如何?"

赵普心中一动,瞬间感觉整个人仿佛掉入冰窟一般,额前的汗水立即变得冰凉不已。皇帝表面是关心自己的身体,实则是想让自己远离朝政。此次复相之前,虽然他已做好随时被罢免的准备,然自己毕竟年迈,且对朝廷一片忠心,原以为皇帝会准他功成之后告老还乡,岂料……

"臣领旨!"赵普起身离座,叩头拜谢,抬手擦了擦眼角的泪水,感慨道,"陛下,臣逾耳顺之年,身体年迈不支,近日更是暑热难消,陛下待臣如此,臣诚惶诚恐,感激涕零,无以为报!他日若陛下召唤,臣定当万死不辞!"

赵光义心中长长舒了一口气。此事他虽筹谋已久,心中却并无多大把握,生怕赵普推三阻四不肯归家,即使如此,他亦不能强制罢免赵普。方才见赵普半晌没有回应,他着实捏了把汗。事情既然如此顺利,他大笑道:"爱卿一片忠心,实乃我大宋之福!"

时光如梭,转眼暑热尽消,枝头的树叶由嫩绿转为金黄,进而枯黄,伴随着端拱元年(988)冬天的第一场大雪,悠悠地飘落而下。

## 八、故皇索命

赵普坐在自己的书房内,望着窗外纷扬的雪花,感慨万分。自从七月归家休息,转眼已过去四个月。赵普自嘲是历史上最清闲的宰相了。自归家至入冬,朝中大事常有,小事不断,然皇帝甚少召见自己,他的用意可谓非常明显。所以,刚一入冬,他便主动向皇帝上疏请假,言称自己体弱多病,不宜入朝议政,需在家休养。事已至此,自己唯有不断地迎合皇帝的心思,不断地放权,方可渐渐消除他对自己的戒备之心,为自己挣一个安稳晚年,亦为膝下儿女赢一个太平人生。赵普忽然觉得自己做个清闲宰相,欣赏眼前寂静的雪景,倒也有几分舒适自在。

窗外的雪安静地下着,仆人忽然慌慌张张自赵府门口向书房奔来,打破了书房外的宁静。赵普眉头微皱,正欲责问,忽听仆人慌张道:"老爷,陛下……陛下驾临!"

赵普愣怔片刻,随即慌忙离开书房迎驾。君臣见面,双方入正堂寒暄,皇帝心情很好,对赵普嘘寒问暖,再三嘱咐他多加保重身体,二人相谈甚欢。不久,皇帝既去,赵府之人无不欢呼雀跃,皇帝亲自到访,莫非要请自家老爷入朝?赵普看着喜悦不已的家人,面色平静地来到书房。皇帝亲临探病,自是无上荣宠,然皇帝与自己相谈许久,却甚少提及朝中之事。如此看来,他将自己驱出朝廷之心甚决啊!赵普感慨叹道,自己还是做个赏雪的闲人吧。

奈何无闲心者,何以做闲人?

### 4. 魏王索命

端拱二年(989)七月,京城的街头巷尾都在议论天空东北方向

## 第三卷 幽云长歌

出现的彗星。彗星者,妖星也,此次彗星不但持续时间很长,且彗星尾部光芒越来越长,十几日之后,出于东北方向的彗星竟然还变为西北方向。此等异象,不仅百姓之中流言不断,朝中大臣亦议论纷纷。

天现异象,赵光义头疼不已。妖星乃天罚,天罚者,无非上天对当今天子不满。时北境之上,宋军被辽军打得闻风丧胆,朝中竟有人以妖星为由,提出发兵北伐,以为避祸。赵光义因彗星之事,下令避正殿,于偏殿处理政事。日常膳食也相应减少,躬身践行,以祈求上天原谅。然彗星居于苍穹旬日,却终究不见散去,朝野上下之议论,日渐甚嚣尘上。

就在他头疼不已之时,休息在家的赵普望着天空的彗星,亦忧心不已。刚刚仆人来报,街头巷尾都在议论彗星之事,百姓对皇帝的不满之情已越来越重。至于朝中百官,甚至有人翻出雍熙北伐失利之事,欲责问皇帝。

赵普并不相信妖星之说,若是区区妖星便可左右国运,那之前自己又何必精心谋划黄袍加身,后又殚精竭虑治理大宋?天象唯有被有心人利用,才可称为妖星!此时赵普的心情颇有些复杂,皇帝焦头烂额,他身为人臣,理应为其分忧。皇帝头疼,他便有了表现之机,既可为大宋尽忠,又可借机进一步解除皇帝对自己的怀疑和戒心。诸多情绪汇聚在一起,赵普感叹一声,决心向皇帝上疏一封。自己当清闲宰相已近一年,也是时候辞去宰相之职了。

翌日,垂拱殿内,赵光义与朝臣诸事商议已毕,朝臣像往常一样等着散朝。不料,赵光义却突然拿出一封奏折,称乃宰相赵普所

## 八、故皇索命

奏,上言妖星之事,命王临机宣读。

朝臣面面相觑,皆惊愕不已。赵普长期不上朝,如今忽然上奏,又言妖星之事,不知所言为何?

赵光义恍若未闻,将奏疏交予王临机。王临机上前一步,稍清嗓子,随即高声宣读。偌大的金殿之上,唯有王临机的声音激荡其间。赵普在奏疏中一番慷慨陈词,洋洋洒洒七百言,一言妖星谪见,皇帝不必引咎,自己身为当朝元宰,政术疏遗,所以才导致妖星谪见;二言司天台伐辽避祸乃邪佞之言,未明真伪,深惑圣明之听;三言大宋开国三十年,国富兵强,近古无比,皇帝功不可没;四言自己欲亲往面圣,然病体步履维艰,恐失臣仪,乞于闲暇之时,略垂宣唤,并以自己政术疏遗为由,请求罢去宰相之职。

昨日接到赵普奏疏,赵光义仔细阅览之时便感慨不已,此时听王临机抑扬顿挫宣读,他细细听来,不禁心潮澎湃,激动难平。自己正被妖星之事烦扰得焦头烂额,赵普便上疏,以年迈之躯身担天谴,实乃大宋之忠臣。

王临机语毕,百官面面相觑,皆默然不语,寂静的金殿宛若无人。赵光义望着众人,淡淡笑道:"赵普所言,众位爱卿以为如何?"

"启禀陛下,"宰相吕蒙正当即站出班列道,"宰相所言甚是,臣亦位列元宰,政事疏漏,导致妖星谪见,还请陛下降罪!"

吕蒙正言毕,当即有好几位老臣亦请求皇帝降罪。赵光义心中顿时舒畅,连日以来忧虑心惊,唯有今日,自己方才算长舒一口气。妖星纵使居空不逝,然今日之后,妖星之扰算是过去了。思及此,他好言劝慰、勉励朝臣一番,连赵普在内,并未罢免一人。散朝之后，皇帝摆驾前往赵府探望赵普。

自端拱元年（988）冬天以来，皇帝多次前往赵普府中探病，其贤君之名也渐渐在街巷传开。

皇帝御驾赵府，君臣礼毕，赵普与皇帝寒暄一番，犹豫半晌，终于下定决心道："陛下，臣病体在家，本应安心养病，以待身体康健为国效力，然臣年迈不堪，恐康健无期。臣心忧朝廷，近日思虑良久，欲向陛下推举二人，以为重用。臣惭无致主之能，但有荐贤之志，朝行夕死，是所甘心。"

赵普说话间不停咳嗽，赵光义见之不禁心忧，忙道："爱卿欲举何人，不妨直言。"

赵普强忍住咳嗽道："陛下，左正言、直史馆寇准为人耿直，且于西夏调运兵食长达五年，今西夏兵乱，寇准可堪大用。除此，知代州张齐贤亦可重用。齐贤文韬武略，知代州期间数次智破辽军，胸中有济世大才，若委以重任，乃百姓之福。"

赵光义心中一动，寇准曾上疏极言北边利害，甚得其心，早已欲擢用之，赵普此番提出，可谓正中下怀。至于张齐贤，赵普此前便上疏，称国家山河至广，文轨虽同，干戈未息，防微虑远，必资通变之材，工部侍郎张齐贤素蕴机谋，兼全德义，如当重委，必立殊功。且不说赵普如此推举，张齐贤于代州智破辽军，便已深得他的喜欢，如此大才之人，他岂有不用之理？然赵普病体如斯，依然不忘举贤荐能，此等忠义与胸怀，亦令他感慨不已。

不久，寇准官拜虞部郎中、枢密直学士，张齐贤被赵光义任命为刑部侍郎、枢密副使，入朝主政。

## 八、故皇索命

端拱二年(989)八月,出现于天际一月之久的彗星即将散去,赵光义得司天台言,大喜,遂大赦天下,当天傍晚,彗星全部消失。

是年十月,极少参与政事的赵普向皇帝上疏,请求辞去宰相之职。赵光义喜出望外,手捧赵普的奏疏便要批准,提笔之时却突然顿住,若是自己此刻便准予赵普的请辞,难免有卸磨杀驴之嫌,于自己声名不利。思虑良久,他亲书手诏一封,告知赵普莫要再提请辞之事。

淳化元年(990)四月,距赵普上疏请辞宰相之职已过去半年。这几日,赵光义接连收到赵普的三封奏疏,封封皆言自己年迈多病,请皇帝准许自己辞去宰相之职。三封奏疏,一封比一封措辞强烈,情绪激动。早欲罢免赵普的赵光义接连收到其三封奏疏之后,便不再挽留,批准其请辞,免去其宰相之职。但是,为了向世人展示自己的宽广胸襟,虽然他恨不得赵普无官一身轻,但依然保留其原本官职,同时任他为西京留守兼中书令,即宰相级别的西京留守。

赵普离开汴梁之日,赵光义率百官亲自送行,并且特命赵普长子赵承宗随从护送,次子赵承煦随行护理。考虑到赵普年迈体弱,精力不足,皇帝还特意任命西京通判协助赵普,减轻赵普的压力。

君臣相别,二人皆心情沉重,寒暄叮嘱间潸然泪下。

"爱卿,此去保重!"赵光义接过王临机端来的酒,感慨道,随即一饮而尽。

"陛下隆恩,臣感激不尽!"

## 第三卷　幽云长歌

赵普取酒亦一饮而尽，老泪横流，屈膝就要跪下去，皇帝连忙阻拦，赵普却固执地跪地而拜。

"陛下，臣此生得遇陛下与太祖，乃臣毕生之福，请陛下受臣三拜！"

三拜结束，赵光义连忙搀扶起赵普，拱手道："爱卿为大宋江山呕心沥血，朕代天下百姓，谢爱卿！"

赵普激动不已，叮嘱皇帝保重身体，再与皇帝身后百官拜别之后，由次子赵承煦搀扶，颤巍巍地朝家走去。

"陛下保重！"赵普回身，用尽全身力气高声喊道，随即转身上车。

车驾缓缓，向洛阳驶去。太阳西斜，赵光义望着愈行愈远的赵普，内心滋味有些复杂。赵普终于走了，从此以后，大宋再无掣肘他的人；赵普走了，大宋也再难有此能臣，倘若他日再遇到烦心的难题，又有谁人帮自己化解？

"陛下，该回宫了！"身后宰相吕蒙正小心说道。

赵光义恍然回神，点头转身，銮驾威严，向皇宫行去。

至此，赵普的第三次宰相生涯终于画上了句号。


世事难料，月有阴晴圆缺，人有旦夕祸福。赵普到达洛阳后不久，七十一岁寿辰将至，赵承宗奉命来洛阳为父亲祝寿，却突然去世。赵普得知长子死讯，当即病倒。


淳化三年(992)七月的一天，赵普感到口渴，看到老妻趴在桌

## 八、故皇索命

边睡着了,便欲出声叫喊。

可是,赵普突然发现老妻身边竟然站着一个人。赵普心下一惊,以为自己看错了,揉了揉眼睛,看到那人竟微笑着朝自己走来。那人缓缓靠近,赵普面色惊骇,想叫但叫不出声;想动却一动不能动。

那人来到床边,死死盯着赵普,嘴角的微笑忽然变得狰狞无比。然后,他缓缓伸出手,双手掐住了赵普的脖子。赵普奋力地挣扎,却毫无作用。此人并非别人,正是魏王赵廷美!

赵普的妻子醒来时,发现赵普已经咽气了。

噩耗传至汴梁,正在批阅奏章的赵光义闻之震惊,手中的毛笔掉到地上。时值傍晚,他在王临机的搀扶下来到殿外。夕阳西下,晚霞似缎,一如那日赵普离开汴梁时的落日。物是人非!赵光义长叹一声,大宋开国至今,第一批开国元勋已渐渐全部退出政治舞台,很多人已经追随太祖而去。端拱二年(989),忠武军节度使、同平章事潘美因陈家谷未救杨业一事抑郁而终时,赵光义便感慨不已,如今又是赵普。

"赵普!"赵光义默默重复这个名字,直至此时,他对赵普的感情依然有些复杂。他用赵普,亦防赵普;他恨赵普,亦服赵普。赵普于他,虽是臣子,却亦敌亦友。翌日上朝,他提及赵普去世的消息,悲痛不已地说:"普事先帝,与朕故旧,能断大事。向与朕尝有不足,众所知也。然朕君临天下以来,每优礼之,普亦倾竭自效。尽忠国家,真社稷之臣也,朕甚惜之。"

赵光义当朝宣布,废朝五日以追悼赵普,赠其为尚书令,追封真定王,赐谥号"忠献",亲自用八分书为赵普撰写神道碑铭文,赐与其家。同时,他派遣右谏议大夫范杲代行鸿胪卿之职,为赵普护送丧事,赐绢布五百匹,米面各五百石。赵普下葬当天,皇帝恩赐其帝王专用的卤簿鼓吹仪式。

再说一段后话,六年后即咸平元年(998),赵恒追封赵普为韩王。诏称:普识冠人彝,才高王佐,功高吕望、萧何,辅弼两朝,周旋三纪,正直不回,始终无玷,特此赵普配飨太祖庙庭。

## 5. 太祖索命

自从赵普死后,赵光义的身体也越来越差了,两天一早朝,三天一休假。晚上时常被箭伤痛醒,太医们又束手无策。赵元僖经常去探望父皇,亲侍汤药,嘘寒问暖,赵光义偶尔也会喜笑颜开。

这日赵元僖从内宫出来之后,心里便在想刚才看到的父皇大腿上的箭创的样子。那箭创已经瘀黑了一大片,最中心的肉似乎已经烂掉了。父皇大限不远了吧?想到这里,他眉头一皱,因为自己如今还不是太子,那似疯非疯的长公子赵元佐仍然是准王储。

次日,赵元僖带着一件东西来到赵元佐府上,用锦缎包住那东西,随行的小公公一路端着,却不知是什么。

"皇兄,为弟来看你了!"赵元僖不等仆人通报,便直入大堂。

这时,赵元佐正在墙上画画。他站在凳子上,用毛笔将大厅的白墙涂得乱七八糟,自己身上只披着一件内衣,没穿外套,头发散乱,有些发丝已经打结了。

赵元佐听见有人唤他,转过头呵呵几声,又继续去画画了。

## 八、故皇索命

赵元僖再叫一声:"大哥,弟弟来看你了!"赵元佐一直傻笑着画画,并不理会他。

赵元僖便走到凳子下,转到赵元佐身前,探头从下面往上望去,道:"大哥,弟弟给你带好东西来了,快下来。"

赵元佐便从凳子上跳了下来,立足未稳,一屁股坐在了地上。

赵元僖扶起赵元佐,让手下的小太监把东西放在赵元佐面前。赵元佐一直在笑,问:"嘻嘻,嘻嘻,这是什么?"

赵元僖道:"你打开看看就知道啦。"

赵元佐掀开一看,里面乃是一个小人偶,人偶的样子正是魏王赵廷美,赵廷美龇牙咧嘴,嘴角还挂有一丝血迹。赵元佐刚刚看清,就吓得一直哆嗦,口吐白沫。赵元僖忙将那个人偶藏起,大声喊道:"来人,快来人!"自己却在偷偷发笑。

离开了赵元佐府上,赵元僖感觉很轻松,今日一试,那赵元佐果然有心疾,日后不再也是自己的威胁。

回到家中之后,他一反常态地来到了正室那里。他可是很久都没来这里了,因为近日经常去张氏那里。自从纳了张氏为妾之后,他对正室就越来越冷淡。今日前来,只是想重新讨好那正室,因为那正室乃是父皇亲自赐婚,把正室哄高兴了,对他将来继位有好处。

"夫人我来看你了!"

"今天吹的是什么风啊?"

"夫人说得哪里话。我近日太忙了,等我以后继承大统,一定让你享尽荣华富贵。"

## 第三卷 幽云长歌

"王爷今天是犯糊涂了,臣妾已经不做白日梦了,莫非王爷有求于我?"

"说得哪里话,我好心好意来看你,你却处处生疑!"

"王爷,臣妾与你已经做了十几年的夫妻,你在想什么,臣妾岂会不知?"

赵元僖只能一笑,道:"夫人当然最懂我。夫人助我登基,以后也会母仪天下!"

说着,便喝下了摆在面前的一杯姜茶,这茶是刚才张氏送给正室享用的。

赵元僖刚喝下,忽觉腹中疼痛难忍。那正室惊得不知所措,急道:"王爷这是怎么了?"想要扶住赵元僖,赵元僖却疼得来回打滚。

她急忙喊人来救,只见赵元僖一口黑血喷出,随后便不省人事。赵元僖弥留之际,想到今天去赵元佐那里的所作所为,忽然觉得这就是现世报,便含恨而死。

赵光义得报,迅速前往王府,见皇儿惨死,哭得老泪纵横,命令彻查此事。真相很快大白,张氏欲窃取正室地位,便在茶中下毒,赵元僖误饮,乃至冤死。赵光义命人将张氏祖坟刨出,将张氏碎尸。

元僖死后,赵光义身体更差了。他想到长子发狂,次子暴毙,难道这一切都是报应?他感觉到自己大限不远了。

参知政事寇准从青州还京,赵光义秘密将其召入内宫。他屏退左右,王临机仍在。他一挥手,王临机也无奈地转身离去。赵光

## 八、故皇索命

义便将自己的箭创示于寇准。寇准见后,大惊失色,那箭创已经开始流脓了。

"卿当知朕为何召你还京了。"赵光义提好衣服,艰难地转过身来,便问,"爱卿,朕可以将天下神器交付给诸子当中的哪一位呢?"

寇准道:"陛下您为天下择君,不可以谋于妇人,亦不可以谋于近臣。恕微臣不知之罪。望陛下择选明君。"

赵光义不理会寇准所言,问道:"元侃可乎?"

寇准答:"臣实在不知啊!"说罢俯首大拜,再也不肯抬起头。

赵光义指着寇准,道:"你你你!罢了罢了!"

寇准离去,赵光义思索,这寇准听吾欲立元侃,并不反对。朕若立他人,以寇准的脾性,或许会一驳。

第二天早朝,赵光义召见群臣,王临机宣旨:"襄王元侃,为人仁厚,素有德名。今日封开封府尹,改封寿王。朕欲将元侃立为皇太子,择日举行册封大典。望百官相偕太子,同舟共济,开我宋室万世基业!"

这道圣旨传下之后,满朝文武拥戴。然而消息传到后宫李皇后时,李皇后却浑身不自在。

这赵元侃虽然早就过继了过来,但向来都不听她的话。李皇后总觉得和赵元侃的性情没法相投,有时候她想用些手段讨好元侃,元侃都毫不留情面地拒绝。李皇后往往碰一鼻子的灰,便与元侃疏远。

李皇后倒是与元佐很相投。她早年产过一子,可不久就夭折了。那李贤妃撞死在赵光义面前之后,元佐便被过继了过来。元

## 第三卷　幽云长歌

佐倒是懂事,待李皇后如自己的生母,百般孝顺,李皇后在心里亲近元佐。

众人都说元佐疯了,可元佐一到她面前就一点都不疯了,说起话来头头是道,也没有什么怪异的举动。但元佐见了他人,有时顽劣,有时暴力,有时又像个小孩子。李皇后心想:这难道是元佐的保身之策吗?

太子册封大典不日就要举行,李皇后心里不是滋味。若赵元侃被立为太子,日后就顺理成章做皇帝了。那元佐将立于何地呢?于是,她传唤王临机入宫。

李皇后对王临机说:"公公啊,你可知皇上要立太子了?"

"满朝文武都知道了,娘娘,是老奴亲自宣的旨。"

"那我那佐儿怎么办?"

"娘娘啊,陛下钦定,谁又能改?况且,大殿下……"王临机欲言又止。

"你是想说哀家的佐儿疯了吗?王公公,你在朝中已经三十余年,这朝中的真真假假你还看不清楚吗?"

王临机凑到李皇后面前:"皇后娘娘此话当真?"

"哀家能骗你吗?"

王临机在太后面前走了三圈,转过来对太后说:"娘娘,若大殿下真的是装疯卖傻的话,我王临机愿意助大殿下一臂之力。"

李皇后急切地问:"那如今要怎么办呢?陛下的话是收不回的。"

王临机说:"皇后娘娘莫急。陛下的成命是收不回的,如今我

## 八、故皇索命

们只能等待机会。况且就算三殿下被立为太子,还有很多变数。娘娘且静观其变。"

至道元年(995)九月,册封太子大典如期举行。

自唐末以来,五代十国乃至于宋初百年之间,竟无一次册封太子的大典。那么此次太子大典,真可谓是百年难得的盛事,万众瞩目,翘首以盼。

册封仪式开始,赵光义命人颁发册立诏书。赵元侃改名赵恒,着常服骑马到朝元门外等候,换上远游冠、朱明衣,入殿受册,百官朝贺毕,遂前往帝陵,拜谒太庙求祖宗保佑。仪式完毕后,大街上山呼海啸:"太子真乃社稷之主也,太子真乃社稷之主也!"

赵光义招来寇准问道:"四海之内心属太子,百姓欲置朕于何地?"

寇准微微一笑道:"陛下,您慧眼识珠,将天下神器付于社稷之主,乃是万世之福啊!"

赵光义听后内心大慰。此等人才,如若能全心辅佐太子,自然是天大的好事;如若生了异心,那该如何是好?

这个问题困扰了他好几日。有一天,他突然想到了吕端。当年正是他力劝赵廷美出征,解了后顾之忧。此人识大体,又忠诚老练,正是合适的人选了。于是赵光义就传唤吕端在御花园陪自己钓鱼。

吕端与皇帝坐了近半个时辰,两人一语不发。吕端不知皇帝葫芦里卖的什么药。

第三卷　幽云长歌

赵光义突然钓到了一条大鱼,哈哈大笑。

"爱卿,朕这钓鱼之技如何?"

吕端回道:"陛下心静如水,方能等到鱼儿咬钩,臣不及陛下万分之一。"

赵光义还未尽兴,命人笔墨伺候,当即写下一首《钓鱼诗》,诗云:"欲饵金钩深未达,磻溪须问钓鱼人。"他对吕端道:"爱卿,朕将此诗送与你,你可要好好收藏!"吕端连连拜谢。

赵光义终于说道:"爱卿,你可知朕此次传唤你来,是何意吗?"

"启禀陛下,恕老臣糊涂,老臣实在不知啊。"

"在朕看来,即使全天下都糊涂了,你吕端也不糊涂。朕深知大限已到,太子年幼,你可愿全力辅佐太子?"

吕端长跪于地,道:"辅佐太子殿下乃是微臣的本分,臣定当效犬马之力,如若陷于危局,臣愿以性命保殿下周全!"

"有爱卿这句话,朕放心了!"

这日赵光义升殿之后,已经无力说话,命王临机降旨,封吕端为太子太保、顾命大臣,总理朝政。

说完,赵光义示意太子跪拜于吕端,赵恒俯首跪拜,虔敬有加,百官同时拜服。吕端手持尚方宝剑,侍立于皇帝之侧,一时威严不容侵犯。

散朝之夜,赵光义一人卧于榻上。窗外阴风阵阵,树影斑驳,他不禁打了个寒战。这时,他老眼昏花,忽然看见烛光下坐着一个人,背影很伟岸、熟悉。

## 八、故皇索命

"你终于来了!"赵光义说。

"为兄已经等了你很久了,你怎么现在才来!"

"幽云不能取,西夏那边也出了乱子,还有几个儿子疯的疯、死的死,我放心不下,所以才到了今天。"

"那么多宰辅,可惜终不能为你所用啊!"

"皇兄,我征伐幽云,只为收复故地,有错吗?"

"错不在此,错在你不知兵。须知将在外,君命有所不受!"

"哦。那些将领还是皇兄你的,非为弟所能用啊!"

"你太累了,该歇歇了,随为兄驾云去吧,老祖还要为我等讲道呢!"

赵光义跟着兄长,出门而去,此时是至道三年(997)三月。


王临机已是六十岁,一路跑着来到李皇后寝宫,上气不接下气地说:"娘娘,娘娘,机会来了,再等就晚了。"

李皇后急忙问:"公公说什么?"

王临机回答:"陛下驾崩了。"

李皇后一听,差点晕过去。王临机赶紧扶住,道:"娘娘啊,您先别急着伤心。现在是千钧一发之际呀,如今正是拥立大殿下登基的最好时机!过了今天,恐怕就再也没机会了。"

李皇后振作精神,问:"公公,你说怎么办?"

"皇后莫急,听老奴一言。那吕端是先皇钦点的顾命大臣,倘若将吕端骗至宫中幽禁起来,再借其名行拥立之事,大事必成!"

李皇后问:"那公公如何说与吕端?"

## 第三卷　幽云长歌

"老奴就称皇后召见于他，届时皇后命三五个宫人将他拿下便是。"

李皇后道："好好，那有劳公公快些去吧，迟了我那佐儿就没机会了。"

王临机出宫之后直奔吕端府。这吕端虽然不在宫中，但自从受命为顾命大臣之后，早在宫中安排了诸多内线，这时他也已得到了皇帝驾崩之事，强忍悲痛，正要出门迎接太子殿下登基，却碰到了王临机。

王临机见了吕端之后，对他说："吕大人，老奴奉皇后懿旨，召大人进宫，皇后说有要事与大人相商。"

吕端听出着王临机字里杀气腾腾，灵机一动，对王临机说道："王公公，我这就与你同去。不过我得先回内室拿一样东西。此件东西关乎大宋命运，我正欲呈于太子殿下。"

王临机听吕端说这关乎大宋命运的东西，也禁不住好奇地问："什么东西如此重要？"

吕端把王临机拉到跟前，假装四下张望，然后轻轻地告诉王临机："陛下驾崩之前，曾经留有一道遗诏，命我在他百年之后，将其转交于太子殿下。"

王临机大惊失色，问："陛下留有遗诏？"

吕端看一眼王临机，道："陛下留有遗诏在情理之中啊！"

王临机迅速恢复镇定，问道："吕大人可知陛下遗诏所为何事？"

吕端说："我一直未看。如今陛下驾崩，我身为顾命大臣，或可

## 八、故皇索命

一睹。今日正好王公公来,王公公乃是先皇最信任的人,你我同览,正好王公公可以为本官做个见证,我吕端绝未私览遗诏。"

王临机当然兴奋,于是便随吕端进了内堂。吕端让王临机稍作休息,自己去取遗诏。不一会儿,只见吕端的几个家丁将这个内堂大小窗门用木板全部封死,钉上了密密麻麻的钉子。

王临机大呼上当,只听吕端在外面喊道:"王公公得罪了。待吕端安然送太子登基之后,定会放公公出来的。"

王临机喊着:"吕大人,你回来!吕端,你给我回来!皇后召见你!"

吕端根本不睬,扬长而去。

吕端囚禁王临机后,便就去见李皇后。他并不是只身闯宫,而是持着虎符,带着五百禁卫军。

李皇后见禁卫军将后宫围得严严实实,吕端走了进来,却不见王临机,心生了几分胆怯,也猜出了几分意思。

吕端道:"不知皇后召见老臣有何要事?"

李皇后道:"先皇殡天,哀家以为立嗣以长,此乃顺天合运。吕大人以为如何?"

吕端声色俱厉道:"先帝册立太子,正为今日继承大统之事,岂容再议!"

李皇后无话可说,吕端告退,带领禁卫军直奔太子府。进门之前,他命军士将太子府保护起来,自己在笏板上写上"大惭"二字,命人呈给太子府中的赵恒。

"禀告太子,吕端大人求见!吕大人还呈给殿下您一个笏板,上书'大渐'二字。"

赵恒看过笏板之后,心中顿悟,立即传唤吕端。

"吕大人,宫中可有事发生?"

"殿下难道不知,陛下已经驾鹤西去。快快随我入宫继位,以免出了差池。"

赵恒听了吕端之言后,跪倒于地,号啕大哭道:"父皇走时孩儿竟不能相送!"

吕端好生相劝:"殿下,快些走!"

赵恒在禁卫军严加保护之下,到了宫中。吕端即刻召见群臣,通报皇帝驾崩的消息并着手准备登基大典之事。

众臣登殿之后,先是哭了一通。随后吕端命止,众臣便忍住哭泣,列班于两侧。

这时,只见太子赵恒缓缓走入大殿,身着紫金龙袍,头戴九旒冠冕,登上了帝位。众人正要跪拜,吕端高呼一声:"慢!"

原来方才那九旒冕冠上的流苏正好遮住了赵恒的脸,吕端道:"请陛下赦免老臣冒犯之罪,老臣欲上前验明陛下正身,先皇授以重任,老臣不敢丝毫怠慢!"

于是,吕端走上前确认是赵恒本人,这才走下来跪拜于地。百官见状,纷纷跪倒,山呼万岁。

赵恒便是后来的真宗,而太宗的时代就这样谢幕了,新的时代即将到来。